있었기 때문에 다소 이상한 그 현상에 더 신경 쓸 겨를이 없었습니다.

나는 안방에 있던 장롱 문을 열어 가장 아래 깔린 솜이불을 꺼냈습니다. 이불을 바닥에 넓게 펴자 그 안에 숨겨두었던 권총이 모습을 드러냈습니다. 내가 직접 만든 수제 총입니다.

나는 군수공장에서 총기류에 들어가는 부품을 만들고 또 조립하는 일을 했습니다. 총이 완성되기까지 거치는 모든 과정을 10여 년 넘게 지켜보다 보니 그 작동 원리를 자연스레 알게 되었고 종종 취미 삼아 수제 총을 만들곤 했습니다. 당시에는 그다지 어렵지 않았는데 오랜 시간이 흐른 뒤에 만들려니 쉽지 않았습니다. 수십 자루의 불량품을 만들었습니다. 격발 불량이 가장 큰 문제였습니다. 하나 여러 차례의 시행착오 끝에 결국 나는 제대로 된 총을 만들어냈습니다. 겉보기에는 조악해 보여도 사람의 심장에 구멍을 내기엔 충분합니다. 네. 오늘 나는 누굴 죽이기로 결심했습니다.

나도 믿기지 않습니다. 어쩌다 내가 살인을 저지를 생각까지 하게 됐을까요? 글쎄요. 만약 그때 그 사람을 만

나지 않았다면 어땠을까요? 그 사람을 만나서 내 인생이 이렇게 된 것만 같습니다.

군수공장에 취업한 뒤 얼마 가지 않아 엄마가 폐암으로 돌아가셨습니다. 참 이상한 일이지요. 담배라고는 입에 대본 적도 없는 분인데요. 이후로 나는 일에만 매달렸습니다. 달리 할 줄 아는 것도, 하고 싶은 것도 없었습니다. 결근 한 번 하지 않고 10년이 넘는 세월 동안 성실하게 일만 했습니다. 나는 매달 받은 월급을 현금으로 빼 집에 있는 커다란 은색 철제 금고 안에 넣어두었는데, 그때는 점점 금고 안을 채워가는 돈다발을 보는 게 삶의 유일한 재미였습니다.

그러다 30대 중반에 처음으로 연애를 했습니다. 공장 동료가 소개해준 그 사람은 내가 마음에 들었는지 처음부터 제게 적극적으로 다가왔습니다. 나는 내 이상형이 아니라 망설였지만 결국 그 정성에 넘어갔습니다. 그 투박한 외모만 마음에 들지 않았을 뿐, 그 사람은 좋은 사람이었습니다.

그러던 어느 날 공장에 신입이 들어왔습니다. 그 신입은 칙칙한 기계장치 앞에 서 있는 게 어울리지 않을 정도로 화려한 용모를 지니고 있었습니다. 나는 늘 작약처럼 화려한 것이 좋았습니다. 나는 날이 갈수록 그 신입에게 빠져들었고, 상대적으로 당시 내 곁에 있던 그 사람은 갈수록 초라해 보였습니다. 결국 그 사람이 내게 결혼 이야기를 꺼낸 그날, 나는 그 사람에게 이별을 고했습니다.

이후 나는 신입에게 본격적으로 달려들었습니다. 스스로도 놀랄 정도로 저돌적인 나의 태도에 신입은 처음에는 미적지근하게 반응했지만 어느 순간 내 마음을 받아주었습니다. 우리는 곧 나의 작은 집에서 함께 살았습니다.

그렇게 시작된 동거는 행복하지 않았습니다. 실은 전부터 알고 있었습니다. 그 사람과 나는 어울리지 않는다는 걸요. 앞서 말했듯 그는 온실 속에서 화려하게 핀 꽃 같은 사람이었고, 나는 길바닥에 널린 돌 같은 사람이었습니다.

어느 날 공장에서 돌아와 보니 집이 휑했습니다. 몸이 아프다며 먼저 퇴근한 그 사람도 보이지 않았습니다. 은색 철제 금고의 문은 텅 빈 채로 열려 있었습니다. 내가 그 사람의 화려함에 눈이 먼 것처럼, 그 사람 역시 내 돈다발만 탐했던 겁니다.

그때, 나를 좋아하던 그 사람과 결혼했더라면 어땠을까요? 그랬더라도, 나는 지금 이렇게 누구를 죽이려 하고 있을까요?

검은 백팩 안에 총을 집어넣은 나는 곧바로 집을 나섰습니다. 집 근처 구멍가게 앞에서 시의 변두리로 향하는 버스를 탔습니다. 당신은 사람을 죽여본 적이 있습니까? 의자에 가만히 앉아 있자니 입술이 바싹 타들고 심장이 벌렁벌렁했습니다. 나는 초조한 마음을 진정시키기 위해 창밖으로 시선을 돌렸습니다.

거리에는,

똑같이 생긴 컨테이너 주택 두 채가 나란히 서 있었습니다.

검은 세단 두 대가 앞뒤로 정차해 있었습니다.

붉은빛을 발하는 신호등 두 개가 위아래로 달려 있었습니다.

저것들은 원래 두 개일까? 아니면 내 눈에만 두 개로 보이는 걸까? 그것들을 가만히 보고 있자니 머리가 깨질 듯 아프고, 어쩐지 숨이 막히는 듯한 기분이 들었습니다.

목적지에 도착해 버스에서 내리자 문득 허기가 물밀듯이 밀려왔습니다. 마트에서 빵과 우유를 산 나는 그 앞 나무 의자에 앉아 그것들을 허겁지겁 입안에 밀어 넣었습니다. 순식간에 빵과 우유를 다 먹어치우고 가만히 앉아 있자니 약기운이 남아 있었는지 이번엔 졸음이 몰려왔습니다. 고개를 떨구며 그 자리에서 껌뻑 졸던 나는 겨우 정신을 차리며 하늘을 올려보았습니다.

하늘에는 똑같이 생긴 하얀 조각구름 두 개가 나란히 떠 있었습니다.

대체 어찌 된 일일까요? 일이 이쯤 되니 나는 그녀에게 전화하지 않을 수 없었습니다. 공장을 그만둔 이후 나는 한동안 정신과를 다녔는데, 그녀는 당시 나를 담당했던 의사였습니다.

아, 다시 말하겠습니다. 지금 내가 하는 이 이상한 이야기는 내가 정신과를 다니는 그런 사람이라서 하는 이야기가 아닙니다. 전부 오늘 내게 실제로 벌어진 일입니다.

선생님께 전화를 건 나는 대뜸 물었습니다.

선생님. 하늘에 똑같이 생긴 조각구름 두 개가 나란히 떠 있어요. 어항 안에는 금붕어가 두 마리 있고, 냉장고 안에는 물병이 두 개 있고, 택배 상자에는 내 이름이 두 번 찍혀 있었어요. 내 말에 길게 신음을 흘리던 선생님은 제가 스트레스를 받아 환각 현상을 일으키는 거라고 말했습니다.

글쎄요. 그런 걸까요. 저도 그때는 정말 그런가 싶었습니다만, 내가 헛것을 보는 줄 알았습니다만, 아니었습니다. 선생님은 똑똑한 분이지만 이번엔 틀렸습니다.

통화를 마친 나는 저수지 상류를 향해 걸어 올라갔습니다. 그리고 이내 도착한 목적 지점에서 나는 B의 별장을 내려보았습니다.

네. 오늘 내가 죽이려는 인간이 바로 B입니다. B는 악마입니다. 나는 B 때문에 지옥에 떨어졌습니다. 나는 오늘 B의 심장에 총알을 박아 내 삶을 바로잡기로 결심했습니다.

화려했던 그이가 떠난 이후 나는 10년 넘게 다니던 공장을 그만두었습니다. 이전 집에서 뺀 전세금으로 산자락 밑에 위치한 작은 농가를 산 후 그곳에 이사해 살았습니다. 돈 버는 일은 하지 않았지만 하루가 바빴습니다. 아침에 일어나면 마을을 산책하며 풋내 가득한 공기를 마셨고, 텃밭에 기른 채소를 따서 점심을 해 먹었습니다. 오후에는 내내 산과 강을 그렸습니다. 해가 지면 윙윙 우는 곤충 소리를 들으며 집 근처 소류지에서 밤낚시를 했습니다. 한동안 그렇게 살았습니다. 전혀 생산적이지 않은 내 삶을 자책하며 초조해했던 적도 있었지만, 지금 생각해보면 아무 문제없는 삶이었습니다.

그러다 억지로 끌려간 초등학교 동창 모임에서 B를 만났습니다. 서울에서 작은 사업을 한다고 자신을 소개한 그는 모두에게 친절한 사람이었습니다. 어느 날 나는 다른 친구들과 함께 그의 별장에 초대받았고, 새벽까지 이어져 둘만 남게 된 술자리에서 그에게 지난 세월을 이야기하다가 나도 모르게 눈물을 흘렸습니다.

날 위로하던 그가 내게 주사를 권했습니다. 그 역시 가끔 맞는 안정제라고 했습니다. 그가 날 침대에 눕히고 주사를 준비할 때 나는 분명 꺼림칙했습니다. 당장 그 자리를 박차고 나올 수도 있었습니다. 하지만 나는 그때 너무 지쳐 있었습니다. 그 주사가 나를 위로해주길 바랄 뿐이었습니다.

이후 나는 B의 충실한 고객이 되었습니다. 내게 남은

돈 전부를 그가 안정제라고 부르는 마약을 구입하는 데 썼습니다. 내가 더 이상 돈을 지불하지 못하자 B는 나에게 마약을 제공하는 대가로 자신의 밑에서 일하기를 권유했습니다. 그때부터 나는 B의 별장에 출근했습니다. 별장 별채의 지하에서 마약을 종류별로 분류한 후, 중고거래를 빙자해 서울에 있는 공급책에게 보냈습니다. 나는 제정신이 들 때마다 약을 끊고 이 일에서 손 떼고 싶었지만 B는 약을 빌미로 나를 구슬리고 협박했습니다. 도망가면 쫓아왔고, 숨으면 찾아냈습니다. 여기까지 온 이상 이제 다른 방법은 없습니다. 그가 죽거나 내가 죽어야 합니다. 이제 내 삶은 그 둘 중 하나를 선택해야 할 때인 것입니다.

구린 일을 하는 만큼 놈들은 별장을 철저히 지키고 있습니다. 높은 담장으로 둘러싸인 별장은 본채와 별채로 나뉘어 있는데, 두 건물의 현관문은 지문과 비밀번호를 입력해야만 열립니다. 별채에 있는 관리실에서는 곳곳에 설치된 카메라로 별장 전체를 온종일 감시합니다.

내 계획은 이렇습니다. 담장 밖 별장 부지 뒤편에는 밖으로 흉하게 드러난 직경 2미터의 커다란 하수관이 하나 있습니다. 그 하수관 안으로 들어가면 별장의 정문을 거치지 않고도 본채 건물 옆의 배수로로 바로 나올 수 있습니다. 배수로 덮개를 열고 밖으로 나오면 본채 건물 외벽에 설치된 가스 배관을 타고 2층으로 올라갑니다. 본채 2층에는 오랫동안 사용하지 않아 방치된 작은 창문이 하나 있는데, 나는 그 창문이 밖에서 쉽게 열리도록 미리 손을 써두었습니다. 건물 안으로 들어가면 나는 2층에 있는 B의 침실로 몰래 들어갑니다. B는 일주일에 한 번씩 별장에 들러 자신의 사업을 관리하고 본채에서 자는데 오늘이 바로 그날입니다. 나는 침대에 누워 잠든 B의 심장에 총구를 대고 방아쇠를 당길 겁니다. 총소리를 들은 B의 부하들이 본채로 들이닥치기 전에 나는 들어왔던 경로를 통해 별장 밖으로 빠져나갑니다. 놈들은 아마 누가 어떻게 본채로 들어왔는지도 모를 겁니다. 설사 안다고 하더라도 놈들은 신고하지 못합니다. 그 수상한 별장과 마찬가지로 놈들 역시 뒤가 구리니까요. 아마 보스의 시체를 옆에 두고 그 자리를 차지하기 위해 자기들끼리 아수라에 빠질 겁니다.

    별장을 내려보며 계획을 정리하고 있을 때였습니다.

누군가가 내 뒤에서 나를 나지막이 불렀습니다.

주연. 다른 세계가 열렸어.

깜짝 놀라 뒤를 돌아보니 거기엔 동소가 서 있었습니다. 동소는 어린 시절 동네에서 가끔씩 함께 놀던 아이입니다. 나보다 2살 어린 동소는 태어날 때부터 뇌에 작은 문제가 있어 늘 이상한 말과 행동을 하곤 했습니다.

나는 갑자기 내 앞에 나타난 동소를 보고 반가워할 수도, 그가 한 아리송한 말을 곱씹을 수도 없었습니다. 나는 오직 눈앞에 펼쳐진 그 기묘한 광경에 정신이 사로잡혔습니다.

내 앞에는 2명의 동소가 있었습니다.

주연. 다른 세계가 열렸어.

나란히 선 두 동소가 같은 말을 번갈아 했습니다. 내가 당황한 모습을 보이자 둘은 눈을 두 번 껌뻑거리더니 활짝 웃고는 동시에 말했습니다.

주연. 평행 우주의 문이 열렸다고.

 미친 새끼! 뭐라고 하는 거야! 당황한 나는 대뜸 소리치려 했지만, 그때 막 별장으로 향하는 하얀색 고급 세단 한 대가 눈에 들어왔습니다. B가 왔습니다. 나는 별장 안으로 들어가는 차의 뒤꽁무니에 시선을 빼앗겼습니다.

 다시 고개를 돌려 앞을 보니 2명의 동소는 어느새 사라지고 없었습니다. 내 눈앞에 똑같이 생긴 두 사람이 나타난 것은 정말 이상한 일이었지만 기억을 더듬어보니 둘이 쌍둥이였나 싶기도 했습니다.

 나는 별장을 내려보며 B가 잠들기를 기다렸습니다. 12시가 되자 본채 2층에 켜진 불이 꺼졌습니다. 때가 됐습니다. 자리에서 일어난 나는 그곳을 떠나기 전에 눈앞의 저수지를 바라보았습니다. 하늘과 물에 떠 있는 두 개의 보름달은 정말이지 아름다웠습니다. 나는 별장 부지 뒤편에 있는 하수관 앞으로 갔습니다.

 그곳엔 둥그렇게 뚫린 하수관이 두 개 있었습니다.

 내가 며칠 안 나오는 사이에 새 하수관을 뚫은 걸까요? 나는 둘 중 어느 하수관이 본채 건물 옆으로 향하는 하수관인지 알 수 없었습니다. 잠시 망설이던 나는 그저 오른쪽 하수관 안으로 들어갔습니다. 한동안 썩은 어둠 속을 걷자 희미한 빛이 새어 나오는 배수로 덮개가 보였습니다. 나는 조심스럽게 그것을 열고 밖으로 나왔습니다.

아, 내가 나온 곳은 본채가 아닌 별채 건물 옆이었습니다. 나는 다시 밖으로 나가 다른 하수관을 통해 본채 건물 옆으로 빠져나올지 잠깐 고민했지만 그 수고를 다시 하고 싶지 않았습니다. 계획대로 된 건 아니었지만 거기까지 온 이상 다른 방법도 있었습니다.

나는 내가 기억하는 보안 카메라들의 위치를 떠올리며 별채 건물을 조심스럽게 돌았습니다. 별채를 반 바퀴쯤 돌자 멀리 외따로 떨어진 본채 건물이 보였습니다. 이제 내가 서 있는 곳부터 본채 건물까지는 뛰어가야 했습니다만, 항시 그 구간을 찍고 있는 카메라가 있다는 게 문제였습니다.

하지만 방법이 있습니다. 나는 그 카메라가 찍는 방향을 바꿀 수 있는 스위치가 있다는 걸 알고 있습니다. 그 카메라는 어떤 동작을 감지하면 때때로 자동으로 방향을 돌리기도 하므로 놈들은 카메라가 갑자기 다른 쪽을 비추어도 이상하게 생각하지 않을 겁니다. 나는 본채와 별채 사이를 찍고 있는 카메라를 쳐다보며 스위치가 달린 벽 앞에 섰습니다.

거기엔 네모난 스위치가 두 개 있었습니다.

분명 원래 두 개는 아니었습니다. 그새 또 새로운 스위치를 달았을까요? 당황한 나는 한참을 망설였지만 계속 그러고만 있을 수는 없었습니다. 나는 고민 끝에 나란히 붙은 두 개의 스위치 중에서 그저 아래에 있던 스위치를 눌렀습니다.

아아, 서서히 방향을 돌린 카메라가 나를 찍었습니다. 이제 나를 발견한 놈의 부하들이 별채에서 우르르 달려 나올 겁니다. 나는 그대로 본채를 향해 내달렸습니다. 이제부터는 시간 싸움입니다.

서둘러 본채 벽의 배관을 타고 오른 나는 미리 작업해 둔 창문을 열고 건물 안으로 들어갔습니다. 짧은 복도를 내달린 나는 놈의 침실 문을 번쩍 열었습니다. 내 생각대로 놈은 그 방 침대에 누워 자고 있었습니다. 나는 급히 등에 메고 있던 가방을 열었습니다.

어떻게 된 걸까요? 가방 안에는 똑같이 생긴 총이 두

자루 있었습니다.

이전에 만들었던 불량품이 들어가 있던 것일까요? 둘 중에 어떤 총이 완성품이지? 내가 도무지 구별할 수 없는 두 총을 보고 망설이고 있을 때 밖에서 현관문이 열리는 소리가 들렸습니다. 시간이 없었습니다. 나는 둘 중 하나를 번쩍 집어 들어 B의 심장을 겨누고 방아쇠를 당겼습니다.

딸깍. 펑!

총이 내 손에서 터지고 말았습니다. 나는 피투성이가 된 손을 부여잡고 울부짖었습니다. 그때 놈의 부하들이 방 안에 들이닥쳤습니다. 급히 가방에서 다른 총을 꺼내려고 했지만 그들이 먼저 내 배를 걷어찼습니다.

소란에 B가 깨어났습니다. 잠시간 멍한 눈으로 주변을 둘러보던 놈이 이내 상황을 파악했는지 부하가 쥐고 있던 칼을 빼앗아 그대로 내 배를 찔렀습니다. 비명을 지르며 바닥에 쓰러진 나와 눈높이를 맞춘 B가 나를 보며 히죽거렸습니다. 나는 죽을힘을 다해 그를 밀어내고 배에 꽂힌 칼을 뽑았습니다. 피가 철철 흐르는 칼을 마치 광인처럼 휘두르며 살길을 찾았습니다. 놈들이 내게 다가오지 못하도록 필사적으로 칼을 휘두르며 앞길을 열었습니다. 그렇게 배를 부여잡고 다리를 절뚝거리며 겨우 별장을 빠져나온 나는 한참을 걷다 어디인지도 모를 이곳에 쓰러졌습니다.

간신히 벽에 등을 기댄 나는 점점 몸이 식어가는 기분을 느끼며 어쩌다 내가 지금 이런 상황까지 오게 된 건지 돌이켜 보았습니다.

그때 내가 다른 총을 잡았더라면 어땠을까? 위에 달린 스위치를 눌렀다면? 왼쪽 하수관으로 들어갔다면?

나의 선택은 모두 어쩔 수 없었습니다. 두 하수관은 똑같이 둥그랬습니다. 두 스위치는 똑같이 네모났습니다. 두 총은 구별할 수 없을 정도로 똑같이 생겼습니다. 그것 중 하나를 고른 내 결정에 내 능력이나 자질이 영향을 미칠 수는 없었습니다.

아! 아아! 과연 그것만 그랬을까요? 나는 이제야 깨달았습니다! 이제야 알았습니다! 지금껏 나는 내 삶의 모습을 결정할 수 있는 선택의 자유가 마치 나에게 있는 줄 알았지만 그 선택을 하는 데 내 자유의지는 없었습니다. 그렇습니다. 자유의지는 허상입니다.

B가 놓아준 그 주사를 뿌리치기에는 내가 너무 지쳐 있었습니다. 나를 좋아해주던 그 사람과 결혼하기에는 도망간 그 사람이 더 좋았습니다. 그림을 계속 그리기에는 돈이 너무 없었습니다. 나는 늘 그럴 수밖에 없었습니다.

내 말이 이상하게 들립니까? 하나 묻겠습니다. 현재 당신의 삶을 결정한 모든 선택을 할 때, 당신은 완전히 자유로웠습니까? 당신을 둘러싼 환경에 영향을 받지 않았습니까? 그렇다면 당신이 처한 그 환경은 오롯이 당신이 선택했나요? 당신은 당신이 태어나기를 선택했습니까? 자유의지는 허상입니다. 당신도 늘 그럴 수밖에 없었습니다.

왜 이런 말을 하냐고요? 지금 내 이야기를 듣고 있는 당신은 나와 똑같이 생겼으니까요. 이제 내가 둘이 됐으니까요.

이제 당신의 이야기가 궁금합니다. 당신은 어떤 이름으로 살고 있습니까? 당신의 삶은 어떻습니까?

내 이야기가 이상하게 들립니까? 머릿속에서 쉴 새 없이 떠드는 그 생각들을 멈추고 그저 가만히 느껴보세요.

당신이 사는 세계도 이상하지 않습니까?

도청

사상 최초로 아시아에서 열린 한일 월드컵의 열기가 채 식지 않은 2002년 7월, 나는 군에 입대했다. 눈앞에서 월드컵을 볼 수 있는 역사적인 기회를 놓치고 싶지 않아 미루고 미루던 입대였다.

포천에서 6주간의 군사훈련을 마친 나는 전방의 한 기계화 군단으로 자대 배치를 받았다. 강도 높은 훈련으로 소문이 자자한 직속 특공대가 있는 곳이었다. 그 특공대는 부대원을 뽑는 기준도 까다로웠는데, 신체적인 조건은 둘째치고 자체 테스트를 통해 지능이 높은 사람만 골라 뽑았다.

나는 행여 그곳에서 군 생활을 하게 될까 봐 잔뜩 겁이 났지만 다행히도 특공대가 아닌 통신대로 차출되었다.

안도의 한숨을 내쉰 것도 잠시, 세상에 힘들지 않은 군 생활은 없다고 특공대가 고된 훈련 때문에 육체적으로 힘들다면, 내가 복무한 통신대는 병사들끼리의 가혹 행위 때문에 정신적으로 힘들었다. 폭력과 차별은 물론 성희롱도 빈번했다. 견디다 못해 간부에게 몰래 고충을 털어놓기라도 하면, 어찌 된 일인지 그날 밤이면 내가 밀고했다는 사실이 부대 전체에 퍼져 겁쟁이 취급이나 받고 전보다 더 버티기 힘들어질 뿐이었다.

하지만 거꾸로 매달아도 국방부 시계는 돌아간다는 뻔한 말처럼, 힘겨웠던 졸병 생활도 결국에는 끝이 났다. 가까운 기수의 선임이 없어 이른바 풀린 군번이었던 나는 상병 계급장을 달자마자 사실상 소대의 실세가 되었다.

운용 중대 소속인 나는 군단 교환수였다. 교환수는 영내의 통신 센터에서 근무했는데, 한마디로 군대 내의 114 같은 곳이다. 장교든 병사든 누군가가 영내의 어디론가 전화하고 싶으면 내가 근무하는 통신 센터로 전화해 원하는 곳을 말하고 연결을 요청한다. 무려 1500개가 넘는 전화번호를 달달 외운 교환수들은 상대가 원하는 곳으로 즉시 전화를 연결한다.

교환수들은 돌아가며 새벽 근무를 섰는데 보통은 그 길고 긴 밤을 지루하게 보내지 않기 위해 딴짓을 했다. 영어 단어를 외운다거나 종이학을 접는 것 따위는 양반이었다. 보통은 사무용컴퓨터로 게임을 하거나, 외부에서 몰래 반입한 야한 잡지를 봤다.

그중에서 가장 대표적인 딴짓이 바로 도청이었다.

영내의 전화기에는 각각 등급이 부여되어 있는데, 통신 센터에서 교환수가 운용하는 전화기인 교환기는 그중 가장 높은 등급이다. 등급이 높은 만큼 여러 가지 부가 기능이 있는데, 그중 가장 강력한 기능이 바로 '다자 통화'다. 원래는 통화 중인 회선에 참여해 여럿이 함께 통화하는 기능인데 군 생활 내내 그런 용도로 쓴 적은 단 한 번도 없었다. 교환기의 음소거 버튼을 누르고 통화 중인 회선에 끼어들면 통화를 하던 사람들은 누가 중간에 끼어들었는지, 몰래 엿듣는지 알 방법이 없었다. 영관급 장교들이 이용하는 비화기를 제외하고 다른 일반 전화기로 하는 통화 내용은 모두 엿들을 수 있었다. 우리끼리는 그걸 '뚫는다'라고 표현했다.

교환수들은 그 기능을 사용하여 종종 얼굴도 모르는

하급 장교나 병사가 하는 통화 내용을 엿들었다. 주로 외부에 근무지 전화번호를 알려주고는 자신의 근무시간에 맞춰 전화를 걸게 하는 군인들의 통화가 우리의 주 타깃이었다. 피엑스병과 밤마다 통화하는 여자는 마흔이 넘는 유부녀라거나, 군단 군종 장교는 새벽 1시에 애인과 폰섹스를 한다거나, 선임병들은 자주 뚫는 전화번호의 정보를 서로 나누고 그들이 전날 밤 무슨 이야기를 훔쳐들었는지 공유하며 낄낄거렸다. 특히 내 바로 맞고참이었던 김 병장은 도청 중독자였다. 그는 새벽 근무마다 줄기차게 남의 통화를 엿들으며 밤을 지새웠다.

나는 어떤 통화도 뚫지 않았다. 그런 짓을 했다가 간부에게 걸리기라도 하면 바로 영창행인 데다가 무엇보다 남의 통화를 엿듣는 그 행위 자체가 부도덕한 짓이라고 생각했다. 김 병장이 전날 들은 통화 내용을 옆에서 신나게 이야기할 때도 나는 늘 한 귀로 흘렸다.

제대를 세 달여 앞둔 어느 날이었다. 센터에서 홀로 새벽 근무를 서던 나는 컴퓨터게임도 재미없었고 몇 번이나 돌려본 만화책도 지겨웠다. 하다못해 청소나 할까 싶어 책상 서랍을 전부 빼보던 나는 서랍 아래 숨겨진 작은 수

첩 하나를 발견했다. 얼마 전 전역한 김 병장의 것이었다. 온갖 낙서들이 가득한 수첩의 한 페이지에는 특정 전화번호들이 줄줄이 적혀 있었다. 모르는 사람이 보면 어떤 공통점도 발견할 수 없었을 테지만 나는 보자마자 그게 어떤 번호들인지 바로 짐작할 수 있었다. 그가 밤새 뚫었던 번호들이리라. 긴 밤을 뜬눈으로 지새워야 했던 나는 그날따라 그 숫자들이 구세주처럼 느껴졌다. 평소 뚫는 행위를 부도덕하다고 여겨 하지 않았지만 지독한 무료함 앞에 나는 너무나 쉽게 무릎을 꿇었다. 내가 고집한 신념은 고작 그 정도 무게였다.

나는 가장 위에 있는 전화번호부터 차례대로 뚫었다. 몇 번의 시도 끝에 통화 중이었던 회선 하나가 뚫리면서 내 귓가에 두 남녀의 목소리가 터지듯 들렸다. 특공대 동문 초소 전화기였다.

- *아 참, 영주야. 나 이번 휴가 첫날에 제주도 갔다 와야 해. 제주도에 사는 친한 친구 아버지가 돌아가셨는데 장례할 때 못 가서 이번에 가기로 했거든.*
- *친구? 누구?*
- *정환이라고 초등학교 동창이야.*

- 그래? 그럼 우리 며칠 못 보네?
- 미안해.
- 어쩔 수 없지. 자기도 오랜만에 휴가 나오는데 나만 볼 수 없잖아.
- 역시 우리 영주는 천사야! 대신 내가 자기 좋아할 만한 연극 하나 봐뒀어. 같이 보러 가자.
- 진짜? 훈련받는 것도 힘들 텐데. 신경 써줘서 고마워, 자기야.
- 아니야. 나야말로 늘 자기한테 고마워. 사랑하고. 이번에 만나면 끌어안고 안 놔줘야지.
- 나두 나두. 우리 석호 꼭 안아줄게.

애인은커녕 편지 한 통 주고받던 이성 친구 하나 없던 나에게는 낯선 여성의 목소리를 듣는 것 자체가 특별한 이벤트였다. 나는 왜 선임병들이 종종 남의 통화를 엿들었는지 비로소 이해할 수 있었다.

도청의 맛을 알게 된 나는 다음 날도, 그다음 날도 같은 번호를 뚫어 둘의 대화를 엿들었다.

- 석호야. 나 오늘 너무 힘들었어.
- 우리 영주. 내가 옆에 있어줘야 하는데. 고깃집에서 일하

면 진상 아저씨들 많이 오지?

- 다행히 대학가라 젊은 애들이 많아.
- 그럼 젊고 잘생긴 애들도 많이 오나?
- 왜? 내가 고무신 거꾸로 신을까 봐 겁나?
- 겁나긴. 나보다 괜찮은 남자는 보기 힘들지.
- 글쎄.
- 글쎄?
- 석호야. 내가 만약에 너 못 기다리고 바람피우면 어쩔 거야?
- 그럼 군대고 뭐고 당장 서울 가야지.
- 그래? 그럼 바람피워야겠다. 우리 석호 지금 보고 싶으니까.

이후로도 나는 둘의 통화를 엿들으며 자연스레 여러 사실을 알게 되었다. 남자의 이름은 오석호, 특공대 소속 상병이었다. 여자의 이름은 윤영주, 대학생이었다. 동갑인 둘은 남자가 입대하기 직전부터 사귀었고, 약 1년이 넘는 시간 동안 윤영주가 군에 있는 오석호를 기다리는 중이었다.

나는 오석호가 부러웠다. 둘의 통화를 들으면 들을수

록 윤영주라는 여자에게 빠져들었기 때문이다. 목소리가 부드러운 윤영주는 남자 친구에게 늘 상냥했다. 마음씨도 예뻤고 당연히 얼굴도 예쁠 거 같았다. 게다가 씩씩했다. 어려운 가정 형편에도 학업을 계속하기 위해 식당 아르바이트를 하면서 자신의 힘으로 등록금을 마련했다. 오석호는 자신의 애인이 고무신을 거꾸로 신을까 봐 전전긍긍했지만, 내가 보았을 때 윤영주는 결코 의리를 저버릴 여자가 아니었다.

    나는 오석호가 여복이 있다고 생각했다. 하지만 정말로, 진정으로 그렇게 생각한 건 그로부터 며칠이 지나서였다. 주말 근무에 들어간 나는 요 며칠 동안 그랬던 것처럼 또다시 특공대 동문 초소의 전화기를 뚫었다. 이번에도 두 남녀의 목소리가 들렸지만 지금까지와는 조금 달랐다. 남자는 오석호였지만 여자는 윤영주가 아니었다.

- *소연아. 방금 팅커 벨 왔다 갔다.*
- *팅커 벨?*
- *보초 서고 있으면 날개가 30센티 되는 나방들이 날아오거든. 그게 팅커 벨이야.*
- *깔깔. 오빠 웃겨. 무슨 날개가 30센티야.*

참 나. 윤영주에게 고무신 거꾸로 신지 말라고 그렇게 신신당부하던 오석호가 정작 자신이 바람을 피우고 있었다.

- 참, 이번에 오빠 휴가가 이틀이라고 그랬지? 제주도 1박 2일은 아쉬운데, 휴가가 왜 이렇게 짧아?
- 곧 우리 부대가 대규모 훈련을 하는데 내가 또 에이스라 빠지면 안 된다고 해서.
- 깔깔. 에이스? 오빠가 뭘 그렇게 잘하는데?
- 뽀뽀?
- 깔깔. 이 오빠 웃겨.
- 웃어? 이번에 만나면 내가 보여줄게. 얼마나 뽀뽀를 잘하는지. 우리 엄지 공주 너무 보고 싶다.

오석호의 두 번째 애인의 이름은 박소연. 애칭은 엄지 공주. 나이는 오석호보다 2살 어리다. 휴가를 나간 오석호가 자신의 친구가 근무하는 단골 미용실에 놀러 갔다가 그곳에 새로 온 헤어 디자이너인 그녀를 만나고 사귀게 된 것으로 추정된다.

나는 오석호가 또 부러웠다. 물론 오석호가 나쁜 놈이라는 생각도 들었고, 두 여자가 다소 불쌍하다고도 생각했지만 그 점을 깊이 파고들지는 않았다. 어찌 됐든 다들 얼굴도 모르는 남이었으니까. 오석호의 통화를 엿듣는 일은 그저 내 무료한 군 생활을 달래는 하나의 작은 놀이일 뿐이었다. 적어도 그때까지는 그랬다.

군대에서 맞이하는 세 번째 여름을 조금이라도 피하고 싶은 마음에 나는 말년까지 아껴두었던 포상 휴가를 나갔다. 나는 이미 전역한 친구들과 대학로에서 만났다. 오후 내내 피시방에서 컴퓨터게임을 즐기던 우리는 해가 떨어지고 나서야 저녁을 먹기 위해 길거리로 나섰다. 외진 골목에서 담배 한 개비씩 물고 둥글게 모여 저녁 메뉴를 정하던 중 누군가가 고기가 먹고 싶다고 말했다. 나는 그 말을 듣자마자 불현듯 윤영주가 일한다는 대학로의 고깃집이 생각났다. 마침 근처였다. 이렇게 된 이상 이번 기회에 그녀의 얼굴을 꼭 보아야겠다는 생각이 든 나는 괜찮은 곳을 알고 있다며 친구들을 데리고 윤영주가 일하는 고깃집으로 향했다.

대학로의 노른자 땅에 위치한 고깃집 내부는 손님들로 붐볐다. 나는 가게 문을 열고 안으로 들어가자마자 직원들의 얼굴부터 살폈다. 홀과 주방에 젊은 여직원이 서

너 명 있어 그중에 누가 윤영주인지 바로 알 수 없었지만, 얼마 안 가 그녀가 제 발로 내 앞에 나타났다. 빈 테이블을 찾지 못해 두리번거리는 우리를 보고 식당 매니저가 바쁜 자신 대신 그녀의 이름을 불러 우리를 맞이하도록 했다.

"영주야! 손님!"

막 다른 테이블의 빈 접시를 치우던 그녀가 매니저의 부름에 우리 앞으로 달려왔다.

"어서 오세요. 몇 분이세요?"

그녀의 첫인상? 대번에 눈길을 사로잡는 미인이라고는 할 수 없었지만, 선하고 깨끗했다. 나는 그녀가 내 곁을 떠나지 못하도록 메뉴에 대해 거듭 물어보며 자꾸 그녀의 얼굴을 힐끗거렸다. 맑고 깊은 눈, 작고 도톰한 입술, 양 볼은 발개져서 귀여웠고, 눈 바로 아래 작은 점도 사랑스러웠다. 내가 두 눈으로 본 그녀는 목소리만 들었을 때보다 더욱 괜찮은 여자였다. 이후 밤이 깊도록 그곳에서 술을 마셨지만, 나는 그때 친구들과 나눈 대화를 기억하지 못한다. 분주하게 움직이며 손님들을 맞이하던 그녀의 싱그러운 미소만 기억한다.

휴가를 마치고 부대로 복귀한 나는 다시 특공대 동문 초소 전화기를 뚫었다. 오석호는 여전히 그의 두 번째 애인인 엄지 공주와 통화했다.

- *소연아. 전에 친구들이랑 술 마실 때 기억나? 네가 테이블 아래 있던 내 허벅지에 손 올렸잖아. 그때 나 엄청 흥분되더라.*

나는 윤영주가 가여웠다. 그녀는 1년 넘게 기다리고 있는 남자 친구가 이렇게 밤마다 다른 여자와 음담을 나눈다는 걸 꿈에도 모르겠지.

- *이번에 나오면 내가 더 흥분하게 만들어줄게, 오빠.*

나는 오석호가 괘씸했다. 어떻게 윤영주 같은 괜찮은 여자를 두고 다른 여자와 바람을 피우는 걸까?

- *아야! 어떡해! 우리 엄지 공주 혹시 응급처치할 줄 아니?*
- *왜 그래 오빠? 어디 아파?*
- *응. 방금 너 때문에 내 심장이 멎었거든.*

나는 도저히 더 듣고만 있을 수 없었다. 다음 날, 나는 제대한 지 얼마 안 된 김 병장에게 전화를 걸었다.

- *김뱀. 오석호 알아?*
- *누구? 오석호? 아! 그 특공대 카사노바? 야, 나는 밖에*

나와도 거들떠보는 여자 하나 없는데 그 새끼는 어떻게 군대에서 양다리를 걸치는 그런 능력이 다 있을까? 아주 난 놈이라니까.

- 김뱀. 나 부탁할 게 하나 있어.

- 크, 내가 또 우리 유재현 병장 부탁은 거절 못 하지. 뭐야?

- 나 대신 쪽지 하나만 써서 오석호 여자 친구한테 전달해줘.

나는 오석호가 바람피운다는 사실을 윤영주에게 알리기로 결심했다. 오석호와 박소연의 통화 내용을 엿들을 때마다 윤영주의 선한 얼굴이 자꾸 아른거려 그녀가 안쓰러워 견딜 수가 없었다.

나는 윤영주에게 어떤 방식으로 그 사실을 전할지 고민했다. 처음에는 발신인 정보를 적지 않고 편지를 보내는 방법을 생각했지만, 만에 하나라도 윤영주가 발신인을 신뢰하지 못하고 역추적이라도 한다면 내 신분이 노출될 위험이 있었다. 전화 역시 같은 이유로 선택하기 껄끄러웠다. 그러다 제대한 지 얼마 안 된 김 병장이 생각났다. 내 예상대로 김 병장 역시 오석호가 양다리를 걸치고 있다는 사실을 이미 알고 있었고, 그 역시 오석호를 못마 땅하게 여겼다. 게다가 김 병장은 내가 오석호의 통화를 훔쳐 듣는다는 사실을 어디 이를 수도 없는 입장이었다. 그야말로 둘의 통화를 실컷 뚫었으니까.

나는 윤영주에게 전할 쪽지 내용을 김 병장에게 불러 줬다.

당신의 애인 오석호는 다른 여자와 바람을 피우고 있습니다. 당신이 믿지 못할까 봐 그 증거를 대겠습니다. 오석호의 두 번째 여자의 이름은 박소연. 별명은 엄지 공주입니다.

당신은 참 괜찮은 여자입니다. 그러니 더 괜찮은 남자를 만나세요. 당신이 행복해지길 바랍니다. 내가 원하는 건 그뿐입니다.

나는 그녀에게 더 많은 말을 하고 싶었지만, 행여라도 내 정체를 유추할 수 있는 빌미를 줄까 봐 되도록 말을 아꼈다.

- 재밌겠는데?

내 제안을 흔쾌히 수락한 김 병장에게 나는 그녀가 일하는 고깃집의 상호와 위치를 알려주었고, 김 병장은 당장 주말에 쪽지를 전하겠다고 했다.

이후, 나는 김 병장과 다시 통화하지 않고도 내 계획이 성공했다는 사실을 자연스럽게 알게 되었다. 그 후로 윤영주의 목소리를 다시는 들을 수 없었기 때문이다. 아마 내가 미처 엿듣지 못한 통화로 그녀는 박소연의 이름을 대며 오석호를 추궁했을 것이고, 남자의 구차한 변명에 넘어가지 않고 그와의 관계를 끝냈을 거라고 생각했다. 이후 그녀는 밤마다 꼬박꼬박 걸던 전화를 실수로라도 하지 않았다. 역시, 한번 헤어지면 뒤돌아보지 않는, 윤영주는 이별도 똑 부러지게 하는 멋진 여자였다.

오석호는 이제 주말뿐 아니라, 평일에도 박소연과 통화했다.

- *그런데 오빠. 이렇게 평일에 통화해도 괜찮아? 평일에는 오빠 보초 안 선다며.*
- *응. 갑자기 근무하게 돼서.*

   응. 갑자기 헤어지게 돼서.

- *참, 소연아. 이번 휴가 때 우리 제주도 가는 거 1박 2일로*

가지 말고 한 나흘쯤 있다 오자.

- *오빠 훈련 때문에 일찍 복귀해야 한다고 하지 않았어?*
- *훈련이 갑자기 취소돼서.*

 첫 번째 애인한테 갑자기 차여서.

- *와. 정말 잘됐다, 오빠!*
- *엄지! 나한테 여자는 너밖에 없는 거 알지?*

 나는 이후로도 계속 둘의 통화를 엿들으며 많은 생각을 했다. 처음에는 오석호가 불쌍하기도 하고 미안한 마음도 들었지만 그건 아주 잠깐이었다.

- *김뱀. 나 부탁이 있어.*
- *뭐?*
- *우리 쪽지 한 번만 더 보내자.*
- *누구한테?*
- *엄지 공주.*
- *야. 뭘 그렇게까지 하냐?*
- *그 여자도 불쌍하지 않아? 아무리 생각해도 나는 같은 남자로서 오석호가 너무 괘씸하네. 대한민국 군인 망신 다 시키고.*

 거짓말이었다. 윤영주에게 쪽지를 보낼 때는 분명 그런

마음이 있었다. 윤영주가 불쌍했고 오석호가 괘씸했다. 하지만 이번엔 아니었다. 나는 그저 재미있었다. 오석호와 윤영주의 통화 내용을 듣기만 하던 내가 아무도 모르게 둘의 관계를 끝내버렸다. 단순히 그들의 통화를 엿듣기만 하는 청자가 아니라, 그들의 미래를 새로 써나가는 화자가 됐다. 그저 그 기분, 나는 마치 신이 된 듯한 그 기분을 다시 느끼고 싶을 뿐이었다.

김 병장은 처음과 달리 주저했지만 나는 결국 그가 내 부탁을 들어줄 걸 알고 있었다. 그의 성격이 무른 것도 있지만 힘겨운 졸병 생활을 함께하며 서로를 의지한 우리에겐 남다른 유대감이 있었으니까.

-그래 뭐, 하자.

나는 김 병장에게 박소연이 일하는 미용실의 상호와 대략의 위치를 알려주었다. 부탁한 쪽지 내용은 전과 거의 비슷했지만 훨씬 짧았다. 박소연에게는 딱히 특별한 감정이 없어서 하고 싶은 말이 별로 없었다.

당신의 애인인 오석호는 당신을 만나는 동안 다른 여자와 바람을 피우고 있습니다. 당신이 믿지 못할까 봐 그 증거를 대겠습니다. 여자의 이름은 윤영주입니다.

　며칠 후, 나는 일을 마친 김 병장과 통화했다.
- *재현아, 근데 박소연이 일하는 미용실, '르망 헤어' 맞지?*
- *응, 맞아. 왜?*
- *미용실 들어가서 카운터에 있는 여자한테 쪽지 주면서 박소연한테 전해달라고 했는데 얘가 잘 모르는 거 같은 거야.*
- *그래서?*
- *디자이너 중에 키 작은 아담한 여자 있지 않냐고, 전해달라고, 그러고 그냥 나와버렸지.*
- *그래? 그럼 혹시 그 미용실이 아닌가?*

　김 병장의 말에 나는 혹시라도 동명의 다른 미용실에 쪽지가 전달된 게 아닌가 싶었지만, 그날 밤 오석호와 박소연의 통화를 듣고 쪽지가 잘 전달되었음을 알게 되었다.
- *아니라고. 소연아. 아니야.*
- *아니긴 뭘 아니야. 윤영주가 누구냐고. 왜 놀라는데?*
- *……*
- *와, 진짜. 군바리가 바람피울 줄은 몰랐네.*

- *소연아. 개량은 이미 끝났어. 낼모레 나가서 내가 다 설명할게. 우리 제주도 가서…….*
- *뭐? 제주도? 제주도 같은 소리 하네. 비행기표 취소했으니까 그렇게 알아. 여기 올 생각도 하지 말고.*

그 통화를 끝으로 나는 윤영주는 물론 박소연의 목소리도 영영 들을 수 없었다. 특공대 동문 초소의 그 전화기도 잠잠해졌다.

그로부터 약 보름이 지난 어느 날 아침이었다. 새벽 근무를 마치고 돌아와 오침을 하기 위해 모포를 펴는데 행정보급관이 내무반 안으로 불쑥 들어왔다.

"유재현. 너 특공대 가서 우리 제초기 좀 가져와라. 다 작업 나가서 중대에 놀고 있는 애가 너밖에 없네."

"박 상사님. 저 새벽 근무 서서 지금 자야 하는데 말입니다."

"갔다 와서 자, 이 새끼야."

뻘게지도록 귀를 쥐어뜯긴 나는 깔던 모포를 다시 구겨 접고 부대 밖으로 나섰다. 처음엔 박 상사를 원망했지만 이제 한 달 뒤면 이런 일도 다 추억이 될 거라 생각하니 마음이 여유로워져 주변 경치를 즐기기도 했다.

도청 85

특공대 연병장에서는 전투 축구가 한창이었다. 막사 안으로 들어간 나는 행정반에 들러 용건을 전했고, 일병 계급장을 단 행정계원은 내 말에 고개를 갸웃거리더니 나를 데리고 한 내무반 안으로 들어갔다. 내무반 안에는 키가 크고 얼굴이 검게 탄 병사가 하나 있었는데 그는 우리가 들어온 줄도 모르고 관물대에 등을 기대고 앉아 깊은 생각에 빠져 있었다.

그 앞으로 다가간 행정계원이 큰 소리로 경례했다.

"선봉! 오석호 상병님. 혹시 며칠 전에 쓰신 제초기 어디 있는지 아십니까?"

세상에! 나는 그의 군복에 박힌 오석호라는 이름과 작대기 세 개가 나란히 놓인 계급장을 뒤늦게 확인했다. 그가 그 대단한 오석호였다.

"왜?"

"이분 교환대에서 오셨는데, 빌려 간 제초기 가져간다고 해서 말입니다."

"그거 창고에 있을걸."

"보급 창고 말입니까?"

"어."

"죄송한데 지금 행정반에 저밖에 없어서 말입니다. 오석호 상병님이 이분이랑 같이 창고 가서 제초기 좀 돌려주시면 안 되겠습니까?"

"안 되겠는데."

"안 되지 말입니다."

오석호의 거절에 행정계원은 곧바로 몸을 돌려 내무반을 빠져나왔다. 마치 경찰을 만난 범인처럼 빨리 그곳을 벗어나고 싶었던 나 역시 얼른 그 뒤를 따라 밖으로 나왔다. 내무반을 나와 복도를 몇 걸음 걷는데, 뒤에서 오석호가 우리를 향해 큰 소리로 외쳤다.

"야!"

우리가 동시에 뒤를 돌아보자 내무반 앞에 서 있던 그가 우리를 향해 한 걸음씩 다가왔다. 그 짧은 순간 심장이 빠르게 두근거렸다. 성큼 다가와 내 바로 앞에 선 오석호가 내 눈을 가만히 응시하더니 행정계원에게 말했다.

"알았어. 키 줘. 내가 갔다 올게."

행정계원으로부터 창고 키를 수령한 오석호는 나와 함께 막사를 빠져나와 창고로 향했다. 나는 예상치 못한 만남에 처음엔 깜짝 놀랐지만 얼마 가지 않아 여유를 되찾

앉다. 겁낼 필요가 없었다. 나는 놈을 알지만 놈은 나를 알 리가 없었다.

창고를 향해 오석호와 나란히 걸어가면서 나는 그의 얼굴을 힐끔거렸다. 과연 미남이었다. 뚜렷한 이목구비에 날렵한 턱선. 떡 벌어진 어깨와 단단한 몸. 나보다 머리 하나는 더 있어 보일 정도로 키도 무척이나 컸다. 매서운 눈매와 힘찬 걸음걸이가 특공대답기도 했다.

그가 내 가슴팍에 달린 계급장과 이름을 보고 먼저 말을 걸었다. 우리는 같은 군단 소속이긴 하지만 속한 부대가 다르기 때문에 서로 위계를 따지지는 않았다.

"……유재현 병장님. 전역 얼마나 남으셨어요?"

"이제 한 달 정도?"

"와, 거의 민간인이시네."

시시콜콜한 대화를 주고받던 우리는 어느새 창고 앞에 도착했다. 창고 문을 시원하게 열어젖힌 오석호는 바로 앞에 쌓여 있던 박스를 뜯어 맛스타를 두 개 꺼내더니 그중 하나를 내게 무심하게 건넸다. 내가 머뭇머뭇하며 보급품인데 함부로 마셔도 되냐고 묻기도 전에 그는 이미 뚜껑을 따서 벌컥벌컥 들이켜고 있었다. 단숨에 음료를 비운 그가 군홧발로 캔을 찌그러트리며 나를 가만히 응시했다. 내가 영문을 모르겠다는 표정을 짓자 그가 창고 안을 손으로 가리키며 말했다.

"한번 찾아보세요. 내가 찾아드려야 해?"

내가 창고 구석에 박혀 있던 제초기를 찾아 밖으로 나왔을 때, 오석호는 한 손에 뿌연 연기가 피어오르는 담배를 들고 무언가를 골똘히 생각하고 있었다. 아까 내무반에서도 본 그 얼굴이었다. 나는 그때 오석호가 대체 누가 자신이 바람피운다는 사실을 그녀들에게 알려주었는지 추리하고 있을 거라고 생각했다.

하지만 그때 나는 미처 몰랐다. 오석호는 이미 나름의 논리로 범인을 특정했고, 복수까지 계획하고 있다는 걸.

그의 그 계획을 알게 된 건 그로부터 일주일 후였다. 어느 날 외부에서 통신 센터로 한 통의 전화가 걸려 왔다.

- *통신 보안. 군단 교환대입니다. 무엇을 도와드릴까요?*
- *특공대 동문 초소 연결 부탁드립니다.*
- *동문 초소. 통신 보안.*

동문 초소라……. 나는 전화를 연결한 후 곧바로 둘의 통화를 뚫었다.

- 선! 봉! 이병! 박진구! 오석호 상병님이십니까?

- 진구쓰! 어때? 100일 만에 밖에 나가니까. 공기도 달지?

- 네! 그렇습니다!

- 그래. 내가 부탁한 건? 받아 왔냐?

- 네! 상병님 댁에 가서 어머님께 건네받았습니다!

- 그래. 그 안에 금색 시디 있지?

- 네!

- 그래. 그럼 언제 할 거야?

- ……오석호 상병님.

- 왜?

- ……근데 이거 꼭 해야 합니까?

- 박진구.

- 이병! 박진구!

- 너랑 나랑 앞으로 군 생활 얼마나 같이하는지 알지?

    상병의 협박에 이등병은 아무 말도 하지 못했다.

- 그래. 내가 어떻게 하라고 했지? 브리핑해봐.

    박진구는 어렵게 다시 말을 시작했고, 곧 그의 입에서 나도 알고 있던 뜻밖의 이름이 튀어나왔다.

- 우선 금색 시디에 걸린 비밀번호를 풀고 그 안에 윤영주

라는 이름의 폴더를 찾습니다.

　윤영주!

- 그 폴더 안에 있는 사진 중에서 여자가 벌거벗은 사진을 찾아서 성인 사이트에 업로드합니다.
- 그래. 내 얼굴은 안 나오게 편집하는 거 잊지 말고. 언제, 어디서 할 거냐?
- 내일 밤 10시에 강동구에 있는 사이버리아 피시방에서 하겠습니다!
- 왜 집에서 안 하고 피시방까지 가서 그 시간에 하는데?
- 혹시라도 누가 나중에 아이피라도 추적하면 집은 위험합니다. 사람 많은 피시방을 가야 누가 했는지 잡기 어려울 겁니다. 사이버리아 피시방은 제가 군대 오기 직전까지 아르바이트하던 피시방이라 사정을 잘 압니다. 밤 10시쯤 되면 알바들이 교대하면서 인수인계하는 시간인데, 그때 CCTV가 못 잡는 구석 컴퓨터에서 업로드하면 아무도 모를 겁니다.
- 진구쓰. 역시 컴퓨터공학과 출신이라 다른데?
- ……오석호 상병님. 저 뭐 하나만 물어봐도 됩니까?
- 뭐.

- 이 여자한테 왜 이렇게까지 하십니까?
- 알고 싶냐?
- 네.
- 너 엄지 공주 알지?
- 아, 그 미용실에서 근무하시는 오석호 상병님 여자 친구 분 말입니까?
- 그래. 걔한테 나랑 헤어지라고 쪽지 보낸 년이 그년이야.

나는 가슴이 철렁 내려앉았다. 어찌 된 일인지 오석호는 박소연에게 쪽지를 보낸 사람이 윤영주라고 짐작하고 끔찍한 복수를 하려는 것이었다.

마음이 무거웠다. 애써 부인해보려고도 했지만 그건 명백히 내 탓이었다. 윤영주에게 쪽지를 보내고 거기서 멈췄어야 했다. 신이 된 듯한 기분에 취한 내가 박소연과의 관계까지 끝내버렸고, 졸지에 두 여자와 모두 헤어지게 된 오석호는 분노에 휩싸여 애먼 여자의 인생을 끝장내려 한 것이다.

둘의 통화를 들은 날 밤, 나는 새벽 내내 죄책감에 시달리며 일을 바로잡을 방법들을 떠올렸다.

첫 번째, 상사에게 오석호가 벌이려 하는 일을 고하고

그의 범죄를 막는다. 이 경우 내가 어떻게 오석호의 계획을 미리 알고 있었는지 설명해야 하는데, 결국 그간 내가 도청했다고 자백할 수밖에 없다. 그 벌로 영창에 가면 그나마 다행이다. 어쩌면 육군 교도소로 갈지도 모른다. 그렇게 되면 군에서 보낼 시간이 더 늘어나는 건 물론이고 평생 지울 수 없는 전과도 생긴다.

두 번째, 오석호를 찾아가서 내가 범인이라고 고백하고 사과를 구한다. 오석호 역시 근무 중에 상습적으로 통화를 했기 때문에 나만큼이나 뒤가 구려 나를 상부에 고발하지는 못할 것이다. 다만 그가 나를 직접 처벌할지 모른다. 그때 본 그의 매서운 눈매와 커다란 체격이 떠오르자 나는 이 방법도 선뜻 선택하기 힘들었다.

그렇게 뜬눈으로 밤을 지새우다 날이 밝았고, 결국 가장 최선이라고 할 수 있는 방법 딱 하나만 남게 되었다. 내가 그간 한 일을 아무에게도 들키지 않고 이 상황을 수습할 수 있는 유일한 방법이었다.

새벽 근무를 마치고 막사로 복귀한 나는 기한에 맞춰 간신히 외박계를 냈다.

그날 오후, 나는 부대를 서둘러 빠져나와 터미널로 달

려가 서울행 버스에 올랐다. 보통이라면 자유를 만끽할 생각에 창밖을 바라보며 설렜을 시간이지만, 그날 밤 내가 해야 할 일 때문에 입술이 마르고 심장만 쿵쾅거렸다. 서울에 도착한 직후, 나는 근처의 옷 가게에서 저렴한 티와 반바지를 사 옷을 갈아입고 바로 강동구에 있는 사이버리아 피시방으로 향했다.

번화가에 위치한 사이버리아 피시방은 컴퓨터가 족히 100대는 될 정도로 규모가 큰 피시방이었던 걸로 기억한다. 검은 모자를 눌러쓴 나는 구석에 자리를 잡고 앉아 게임을 하는 척하며 주변을 살폈다. 박진구부터 찾아야 했다. 입대 전에 이곳에서 일을 했다고 하니 직원이나 사장과 재회하는 사람을 찾으면 될 거라 생각했다.

9시쯤 되자 한 남자가 피시방 안으로 들어왔다. 그가 들어오자마자 직원이 반가운 얼굴로 그를 아는 체했다. 들어온 남자는 머리가 짧았다. 결정적으로 한 손에 시디 케이스를 들고 있었다. 분명했다. 놈이 박진구였다.

나는 사전에 여러 상황을 머릿속에 그렸다. 놈이 자리를 잡고 앉으면 피시방의 전원 차단기를 내리고 어수선해진 틈을 노려 시디를 훔친다거나, 건물 앞에 있는 공중전화로 피시방 카운터에 전화를 걸어 박진구를 호출한 뒤 놈이 카운터로 이동하면 그사이에 시디를 훔쳐 도망간다거나, 이렇게도 저렇게도 틈이 나지 않으면 완력으로 그가 가진 시디를 빼앗고 도망가려 했다.

  하나 곧 내가 머릿속에서 그렸던 모든 복잡한 방법을 쓰기도 전에 더 좋은 상황이 절로 눈앞에 펼쳐졌다. 직원과 한동안 이야기를 나누던 박진구가 구석 자리에 있던 손님이 나가자 그 자리에 소지품을 둬 자리를 맡아두고는 화장실로 들어갔다. 절호의 기회였다. 나는 두근거리는 가슴을 부여잡고 박진구의 자리로 이동해 컴퓨터 앞에 놓여 있는 시디 케이스를 들고 피시방을 도망쳐 나왔다. 집에 돌아와 금색 시디 안에 들어 있는 데이터를 확인해보려고 했지만, 비밀번호가 걸려 있어 내용을 확인할 수는 없었다.

  다음 날, 부대로 복귀한 나는 쉬지도 않고 새벽 근무를 들어갔다. 박진구가 오석호에게 보고하기로 한 날이 바로 그날 새벽이었기 때문이다. 놈이 주로 근무하는 시간인 새벽 1시가 되자 교환대로 동문 초소를 찾는 박진구의 전화가 걸려 왔고, 나는 전화를 돌리자마자 둘의 통화를 급히 뚫었다.

- 어떻게 됐어?

- ……

- 왜 말이 없어?

- ……죄송합니다. 오석호 상병님. 시디…… 잃어버렸습니다.

- 뭐?

- 잠깐 화장실 갔다 오는 새에 누가…….

- 박진구.

- 이병! 박진구!

- 너 이 새끼 솔직히 말해. 잃어버린 거야 아니면 도저히 못 할 거 같아서 나한테 구라 치는 거야?

- 진짭니다.

- 박진구.

- 이병! 박진구!

- 넌 군 생활 꼬였다. 알아?

잠시간 무거운 침묵이 흐른 뒤 박진구가 다시 말을 꺼냈다.

- 오석호 상병님.

- 왜?
- 그럼 이제 복수는 안 하시는 겁니까?
- 아니. 아직 안 끝났지.

 안 끝났다고?
- 그럼 어쩌시려고 말입니까?

 무언가를 생각하는 듯, 한동안 말이 없던 오석호가 낮은 목소리로 말했다.
- 이렇게 된 이상 죽여야지.

 죽인다고!? 누굴? 박진구가 내 심정을 대신하듯 격양된 목소리로 물었다.
- 죽인다고요? 누굴요?

 나는 두근거리는 가슴을 부여잡으며 귀를 쫑긋 세우고 그의 다음 말을 기다렸다.
- 누구긴. 지금 우리 통화 듣고 있는 쥐새끼지.

 나는 깜짝 놀라 그만 들고 있던 수화기를 떨어트렸다.

 뭐야? 어떻게? 놀란 가슴을 진정시키고 겨우 수화기를 다시 귀에 가져다 대자 내 이름을 반복하는 오석호의 목소리가 들렸다.
- 유재현! 유재현! 듣고 있는 거 다 아니까 말해봐. 유재현

병장!

오석호는 마치 내가 엿듣는 걸 다 안다는 듯 나를 연신 불렀다. 한참 주저하던 나는 눌려 있던 무음 버튼을 풀고 둘의 통화에 끼어들었다.

- *……어떻게 알았어?*

- *하, 씨발.*

내가 둘 사이에 끼어들자 박진구가 마치 예정된 수순이라는 듯 물었다.

- *오석호 상병님. 그럼 저는 이제 전화 끊어도 되겠습니까?*

- *박진구.*

- *이병! 박진구!*

- *너 연극영화과 출신이라 그런가? 연기 기가 막히네?*

- *괜찮았습니까?*

- *진구쓰. 이제 너 군 생활 폈다.*

- *감사합니다! 그럼 복귀해서 뵙겠습니다! 션! 봉!*

그제야 알았다. 둘의 통화는 그 시작부터 나를 노리고 한 쇼였다. 나는 그들의 함정에 꼼짝없이 걸려들었다.

대체 오석호가 어떻게 알았을까? 내가 어떤 실수를 했지? 박진구가 전화를 끊자 나는 그것부터 서둘러 물었다.

- 나인 줄 어떻게 알았어?

내 말에 어이가 없다는 듯 오석호가 작게 욕설을 내뱉더니 이어 말했다.

- 영주가 나한테 헤어지자고 말하면서 소연이 이름을 꺼냈을 때, 나는 그때만 해도 누가 내 통화를 듣고 있을 거라고는 생각도 못 했어. 그런데 며칠 지나고 이번엔 소연이가 나한테 헤어지자고 말하데? 영주 이름을 말하면서? 이게 대체 무슨 일인가 싶었지. 휴가 나가서 미용실에 찾아갔지만 소연이는 나를 보려고도 안 했어. 대신 나는 친분이 있던 다른 디자이너한테 며칠 전에 있었던 일을 전해 들었어. 미용실에 웬 남자가 들어오더니 박소연 씨한테 전해달라며 쪽지 하나를 줬다는 거야. 소연이는 그 쪽지를 보고 내가 바람피우는 줄 알게 된 거고. 그런데 그때 네가 결정적인 실수를 했어.

오석호가 한 말로 미루어 보건대, 그는 내가 직접 미용실에 쪽지를 전해준 줄로만 알고 있는 거 같았다. 일이 전부 들통난 상황에 굳이 김 병장을 끌어들이고 싶지는 않았기 때문에 나는 그의 오해를 바로잡지 않고 이어 물었다.

- 무슨 실수?
- 디자이너들은 보통 따로 쓰는 가명이 있지. 소연이는 미용실에서 에일리라는 이름을 썼어. 넌 카운터를 보던 직원에게 쪽지를 주면서 박소연 씨에게 전해달라고 했어. 그런데 당시 카운터를 보던 직원은 미용실에 들어온 지 얼마 안 된 신입이라 에일리가 누구인지는 알아도 박소연이 누구인지는 몰랐거든. 그래서 그 직원이 '박소연이요?' 하고 되물어보니까 네가 당황하면서 한마디를 덧붙였지. 그게 결정적 실수였어. 안 해도 될 말을 했거든.
- 기억이 안 나. 내가 뭐라고 했는데?
- 키 작고 아담한 여성분 있지 않냐고.

 그녀의 별명은 엄지 공주다. 그게 대체 무슨 결정적 실수일까? 내가 잠자코 있자 그가 코웃음을 치며 말을 이었다.
- 웃긴 거지. 소연이는 키가 크거든. 174야. 보통 그 정도 키를 가진 여자한테 아담하다고 하지는 않잖아?

 키가 크다고? 엄지 공주라면서?
- 곰곰이 생각해봤지. 왜 놈은 소연이를 아담한 여자라고 했을까? 그러다 내가 소연이를 부르던 별명이 생각났어.

아, 엄지 공주! 일반적으로 그 별명을 들으면 키가 작다고 생각하겠구나! 그런데 나는 소연이가 키가 작아서 엄지 공주라고 부른 게 아니었거든. 소연이는 큰 키가 늘 콤플렉스였어. 늘 자신이 귀여운 스타일이면 좋겠다고 노래를 불렀어. 그래서 나는 걔 기분 맞춰주려고 엄지 공주라고 부른 거야. 나보다야 많이 작으니까 딱히 어색하지도 않았어. 내 말 무슨 말인지 알겠어? 범인은 딱 그런 놈이었던 거지. 소연이를 본 적은 없지만, 내가 그녀를 부르는 별명은 아는 사람._

 아차 싶었다. 비록 내가 한 실수는 아니었지만 엄지 공주라는 별명만 알고 있던 나 역시 지금껏 그녀의 키가 작을 거라고 생각했으니까.

- _그런 사람이 누가 있을까? 내가 바람피운다는 사실을 알고, 영주의 이름도 알고, 소연이의 별명은 알지만 그 얼굴은 본 적이 없는 사람? 누구지? 하루 종일 그 고민을 하고 있는데 그때 네가 내 앞에 딱 나타난 거야. 교환수라는 말을 들었을 때 그제야 나는 내가 밤마다 둘과 했던 통화가 생각났어. 그렇지. 교환수야말로 내가 생각하던 범인의 조건에 완벽히 부합하는 놈이었던 거야. 그_

때 처음 의심이 들었어. 혹시 교환수들이 그동안 내 통화를 엿듣고 있었나?

나는 오석호를 처음 만났을 때, 무언가 골똘히 생각하던 그의 모습이 떠올랐다.

- 휴가 나가는 이등병이랑 말을 맞추고 일부러 교환대를 통해서 동문 초소에 전화를 걸게 만들었어. 이번에야말로 교환대 놈들이 꼭 엿들어야 하는 통화니까.
- 그럼 노출 사진은…….
- 노출 사진? 영주는 나와 자는 걸 꺼렸어. 아이라도 생기면 지금 우리가 감당할 수 있겠냐고. 모텔 같은 데는 간 적도 없어. 그건 그냥 너를 끌어들이기 위한 미끼였지.
- 내가 안 나타났으면? 내가 갈 거라고 어떻게 확신했지?
- 네가 안 나왔어도 상관없었어. 내가 할 일을 알게 돼버린 너는 평생 죄책감에 시달릴 테니까. 그리고 사실, 난 네가 나올 거라고 어느 정도는 확신했어. 넌 윤영주를 특별하게 여겼잖아?
- 그걸 어떻게 알지?
- 소연이가 쪽지를 받았다고 전해 들었을 때, 나는 영주도 같은 쪽지를 받아서 나와 헤어지자고 말했을 거라고 생

각했어. 그래서 일부러 둘의 집 앞에까지 찾아가 귀찮게 굴었고 결국 네가 둘한테 쓴 쪽지를 모두 두 눈으로 확인했지. 범인을 잡아야 하니까. 아무튼 나는 두 쪽지를 다 보고 알게 됐어. 넌 윤영주를 특별하게 여겼다고. 소연이한테 보낸 쪽지와 다르게 영주한테 보낸 쪽지 내용에는 어떤 감정이 보였거든.

그러니까, 결국 경솔했던 건 김 병장뿐만이 아니었다. 나도 마찬가지였다.

- 어제 나도 외박을 나가서 피시방에 잠복하고 있었어. 교환수 중에 어떤 놈이 내 통화를 듣고 있는지 내 눈으로 확인해야 하니까. 곧 낯익은 얼굴이 나타나더라? 제초기를 가지러 왔던 말년 병장. 그건 너였어.

긴 설명을 마친 오석호는 잠자코 있다가 다시 말을 이었다.

- 당장 지금이라도 달려가서 네 얼굴에 한 방 먹이고 싶지만, 괜히 시끄럽게 일을 벌여서 안 그래도 빡센 군 생활 더 빡세게 하고 싶지는 않아. 너도 그렇잖아? 평화롭게 하자고. 대화로. 잘 들어. 내가 원하는 건 딱 하나야.

그가 협박하듯 고압적으로 말했다.

- *더 이상 내 통화 엿듣지 마. 이번 휴가 때 혼자 외롭게 보내다가 복귀 전날에 나이트 가서 겨우 한 명 꼬셨거든?*

  와, 대단한 새끼.
- *앞으로 이 전화기로 가끔 통화할 텐데, 곱게 전역하고 싶으면 앞으로 절대 훔쳐 듣지 말라고. 후임병들한테도 인수인계해. 특공대 동문 초소 전화기는 절대 엿듣지 말라고. 혹시라도 앞으로 누군가가 내 통화를 또 엿듣는다 싶으면 휴가 나가서 널 찾아갈 거야. 나는 쪽지 같은 건 안 보내. 그냥 몸으로 말하지. 무슨 말인지 알지?*

나는 오석호와의 통화를 끝낸 직후 김 병장의 수첩을 꺼내 특공대 동문 초소 번호가 적힌 페이지를 갈가리 찢어 쓰레기통에 버렸다. 그리고 두 달 뒤, 나는 전역하면서 후임들이 아닌 간부들에게 당부했다. 교환기에 도청 기능이 있고 교환수들이 악용할 우려가 있으니 시스템상으로 그 기능 자체를 아예 못 쓰게 해달라고.

그로부터 20여 년이 흘렀다. 현재 나는 국내 최고의 통신 회사에서 약 15년째 근무하고 있다. 나는 사내에서 꽤 힘이 세다고 말할 수 있는 부서의 팀장을 맡고 있다. 나중에 인사 관계자를 통해 알게 된 사실인데, 학벌도 그다지 좋지 않았던 내가 이곳에 입사한 데에는 통신대에서 교환수로 근무하며 기계 교환기 시스템을 익혀두었던 점이 큰 플러스 요인이 되었다고 한다. 군대에서의 주특기가 도움이 되었던 셈이다.

나는 요즘도 가끔 남의 통화를 뚫는다. 아, 무선전화기는 뚫리지 않을 것 같은가? 특별한 프로그램이 따로 깔리지 않고서는 도청이 불가능할 것 같은가? 글쎄. 과연 그럴까?

아무튼 뭐, 안심해도 좋다. 나는 그때의 일을 교훈 삼아 이제는 그 어떤 일에도 개입하지 않는다. 호기심에 그녀의 얼굴을 보러 간다거나, 쪽지를 써서 무언가를 바꾸려는 쓸데없는 행동 따위는 절대로 하지 않는다. 나는 그저 컴컴한 사무실에 홀로 남아 몰래 듣기만 할 뿐이다.

당신이 하는 그 은밀한 통화를.

정당방위

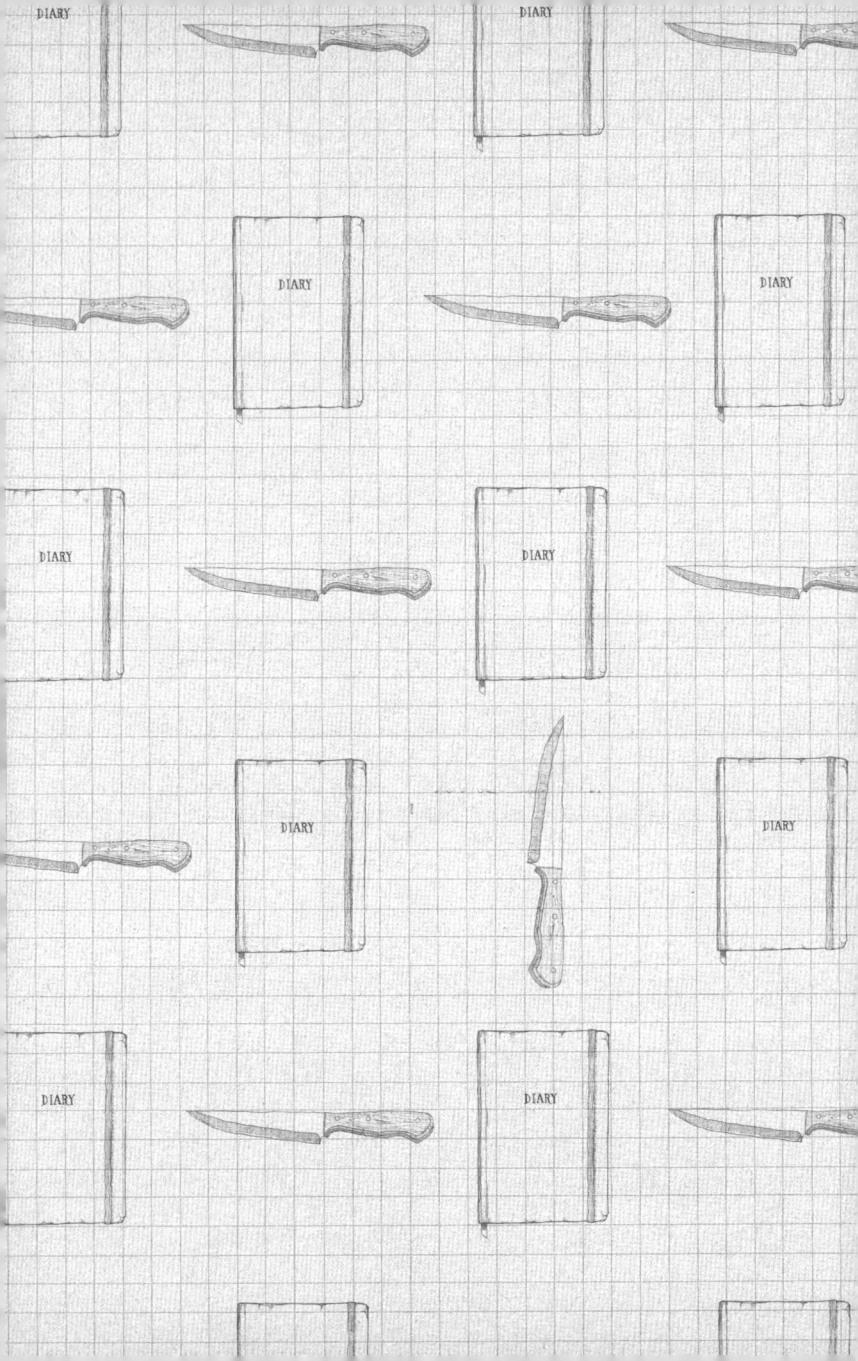

| 2024년 1월 10일. D-24 |

 놈을 마주할 때마다 뜨거운 피가 들끓는다. 더는 견디기 힘들다. 어쩌면 저렇게 뻔뻔한 얼굴을 하고 있을까? 타인을 고통스럽게 만든 적 따위는 단 한 번도 없다는 투다. 놈이 견딜 수 없는 고통에 괴로워하는 모습을 수백 번 상상한다. 치켜뜬 눈의 흰자엔 벌건 핏줄이 서고, 떡 벌린 입에서는 더러운 타액이 줄줄 흐르고, 살이 찢기는 고통에 몸부림치는, 추하게 일그러진 놈의 얼굴을 하루빨리 보고 싶다.

...

2024년 2월 5일. 남부 경찰서.

　차 문을 열고 밖으로 내리자 차가운 바람이 김 변호사를 맞이했다. 더운 히터 바람이 답답한 참이던 김 변호사는 문을 열자 들이닥친 찬 기운이 몹시 반가웠지만 곧 뼈가 시릴 정도의 한기를 느끼고 경찰서 건물을 향해 걸음을 재촉했다.

　유치장 관리부에 도착한 김 변호사는 창구 앞에서 유치인 접견 신청서를 작성했다. 익숙한 솜씨로 신청서를 제출한 김 변호사는 낡은 나무 벤치에 앉아 다음 안내를 기다리며 사건 경위를 되짚었다.

　2024년 2월 3일 밤 11시. 동네에서 청과물 가게를 운영하는 이진영은 가게 문을 닫기 위해 점포 앞에 내놓은 상품을 정리하는 중이었다. 그때 건너편에서 정육점을 운영하던 박정호가 나타났다. 갑자기 나타난 박정호는 다짜고짜 욕설하는 것도 모자라 이진영의 몸을 거칠게 밀치며 위협했다. 잔뜩 겁먹은 이진영은 청과물 가게 옆에 난 골목으로 도망쳤고 박정호는 그 뒤를 계속 쫓았다. 도망치던 이진영은 결국 막다른 골목에 몰렸고 박정호는 그가 구석에 몰리자 품에서 칼을 꺼내 달려들었다. 둘은 이후 격렬한 몸싸움을 벌였다. 이진영은 자신의 심장을 노리는 박정호의 칼끝을 여러 차례 막았지만, 멈추지 않고 계속되는 그의 공격에 결국 칼을 쥔 박정호의 손을 잡아 그의 목을 찌르고야 만다. 그대로 쓰러진 박정호를 보고 황급히 가게로 돌아온 이진영은 자신의 스마트폰을 찾아 급히 119에 신고하지만, 경동맥을 찔린 박정호는 차가운 길바닥에 누워 그대로 쇼크사 했다. 이진영은 곧이어 출동한 경찰에게 자신이 박정호를 죽였다고 자백했고, 경찰은 그 자리에서 그를 긴급체포했다. 이상이 현재 피의자 신분인 이진영이 진술한 사건 경위다.

이진영의 진술을 뒷받침할 만한 정황 증거는 수두룩했다.

먼저 청과물 가게 앞에 설치한 CCTV에 당시 상황이 고스란히 찍혔다. 가게 앞 상품을 정리하던 이진영 앞에 갑자기 박정호가 나타났고, 성난 얼굴로 뭐라 소리치던 그는 이진영의 몸을 연신 밀치더니 곧 때리려는 시늉까지 했다. 겁먹은 이진영은 급히 앵글 밖으로 도망쳤고 박정호는 그 뒤를 쫓아 달렸다. 이진영이 한 진술 그대로였다.

인근 주민들의 증언도 잇따라 나왔다. 그들은 언젠가

는 일어날 법한 사건이었다고 입을 모았다. 청과물 가게를 운영하는 이진영은 자신의 가게에 소량의 정육 제품도 들여와 팔았는데 품질이 괜찮은 데다가 할인율도 높아 꽤 인기가 좋았다고 한다. 많은 동네 주민이 이진영의 가게에서 정육 제품을 구입하자 전부터 맞은편에서 정육점을 운영하던 박정호는 자신의 손님들을 빼앗겼다고 생각했는지 이진영을 찾아가 폭언을 퍼붓고 난동을 부린 적이 여러 차례 있었다고 한다.

김 변호사는 자신을 안내하는 유치장 직원의 뒤를 따르며 이번 사건에서 주요 쟁점이 될 형법 조문을 떠올렸다.

형법 제21조 정당방위.

그 1항에는 이렇게 쓰여 있다.

'현재의 부당한 침해로부터 자기 또는 타인의 법익法益을 방위하기 위하여 한 행위는 상당한 이유가 있는 경우에는 벌하지 아니한다.'

자신의 법익을 침해한 박정호로부터 자신을 방위하기 위한 이진영의 행위는 얼핏 정당방위 요건에 해당하는 듯 보이나, 그게 그렇게 간단한 문제가 아니다. 심지어 그 방위 행위의 결과가 살인에까지 이르렀다. 결코 쉽지 않은 의뢰다.

안내 직원을 따라 2평 남짓한 접견실로 들어간 김 변호사는 녹이 슬어 파래진 철창 너머 멍한 표정으로 앉아 있는 이진영의 얼굴을 보았다. 사진보다 더 앳돼 보이는 인상에 김 변호사는 그의 인적 사항을 다시 한번 떠올렸다.

이진영. 스물아홉. 미혼.

눈앞에 앉은 넋 나간 젊은 남자는 자신과 고작 2살 차이밖에 나지 않았다.

그 앞에 마주 앉은 김 변호사가 자신을 먼저 소개했다.

"저는 김재환이라고 합니다. 동생분이 억울한 일을 당했다고 누님 이진경 님께서 절 선임하셨어요."

"……네."

가까스로 대답한 이진영은 김 변호사와 눈조차 제대로 마주치지 못하고 애꿎은 바닥만 응시했다. 김 변호사는 만나자마자 이진영이 자신의 억울한 사정을 줄줄이 털어놓을 거라고 생각했지만, 눈앞의 청년은 큰 충격을 받았는지 억울함을 호소하기는커녕 입조차 뗄 얼굴이 아니었다. 결국 김 변호사가 또 먼저 입을 뗐다.

"영장이 발부돼서 곧 구치소로 이감되실 거예요. 사실

관계가 명확하지 않은 상태에서 이진영 씨가 경찰에 자백했기 때문에 현재로서는 어쩔 수 없는 상황입니다. 쉬운 상황은 아니지만, 그렇다고 너무 걱정하지 마세요. 제가 볼 때는 정당방위로 볼 수 있는 여지가 충분하니까요."

"……"

"무엇보다 중요한 게 당시 상황입니다. 정리해볼게요. 도망치던 이진영 씨가 막다른 길에 몰리니까 박정호가 품에서 칼을 꺼내 이진영 씨 심장을 찌르려고 했고, 이진영 씨가 그 손을 붙잡고 힘 싸움을 벌이다가 어쩔 수 없이 박정호 씨 목을 찌르게 된 거죠? 고의가 아닌, 우발적인 사고로요."

김 변호사의 적극적인 태도 앞에서도 한참을 멍하니 앉아 있던 이진영이 겨우 입을 뗐다.

"……박 사장님한테 아들이 있어요."

"……네?"

"……7살인가, 그래요. 아빠가 죽었는데, 걔는 지금 무슨 생각을 할까요?"

죽은 박정호에게는 유치원을 다니는 어린 아들이 있었다. 김 변호사는 갑자기 다른 소리를 꺼내는 이진영을 가만히 바라보았다.

"……변호사님. 저 처벌받아야 하지 않을까요? 당시 상황이 어쩔 수 없었든 어쨌든 제가 사람을 죽였잖아요. 네. 맞아요. 변호사님 말대로 제가 박 사장님 목을 찔렀어요. 그때 어떻게든 도망치고 피했어야 했는데, 저도 어쩌면 속으로는 박 사장님을 죽이고 싶었는지도 몰라요."

수습을 끝내고 변호사 생활을 시작한 지 비록 1년도 채 안 됐지만 김 변호사는 나름대로 여러 의뢰인을 접했다. 그중에는 사람을 죽이고도 두 다리 쭉 뻗고 자는 사람이 있는가 하면, 실수로 남의 몸에 생채기를 내놓고도 죄책감에 잠 못 이루는 사람도 있었다. 김 변호사는 이진영이 후자 쪽 부류라고 생각했다. 물론 이번엔 작은 상처를 낸 정도가 아니다. 사람이 죽었다.

김 변호사가 이진영을 똑바로 바라보며 말했다.

"이진영 씨. 저는 이진영 씨 변호인입니다. 진영 씨를 처벌받지 않도록 하는 게 제 역할이에요. 곧 그렇게 될 거고요."

김 변호사는 불안한 심리를 보이는 피고인을 진정시키기 위해 일부러 더 힘주어 말했지만 속으로는 초짜인 자신이 이런 어려운 사건을 맡아도 되는지 그 역시 불안한 건 마찬가지였다.

> 2024년 1월 18일. D-16

놈을 죽이는 데 한 치의 두려움도 없다. 도리어 그 뻔뻔한 얼굴을 계속 마주해야 하는 게 훨씬 더 두렵다. 다만, 내가 여전히 망설이는 이유는 단 하나. 하나뿐인 나의 사랑하는 아들 때문이다. 내가 놈을 죽이고 철창신세가 되면 내 아들은 아비도 없이 자라게 된다. 내가 놈을 죽이는 데 실패하고 죽는다 해도 마찬가지다. 내 아들은 범죄자의 자식이라는 꼬리표가 달린 채 세상을 살아가야 한다. 그것만큼은, 그것만큼은 정말 두렵다.

...

2024년 2월 11일. 서부 구치소.

온 세상을 하얗게 덮어버릴 기세로 하얀 눈이 펑펑 쏟

아졌다. 김 변호사는 구치소로 이감된 피고인을 접견하기 위해 아침부터 눈 덮인 도로를 내달렸다. 수임한 사건이 많지 않기도 했고 발 빠르게 자신을 선임한 의뢰인에게 보답해야 한다는 의무감도 있었지만, 김 변호사는 무엇보다 다소 특별한 이 사건 자체에 흥미가 돋았다.

누군가가 나를 막다른 골목에 몰아넣고 칼로 죽이려 든다면 과연 나는 어떻게 행동할까? 흥분한 상대에게 진정하라고, 정신 차리라고 말로 설득할까? 어떻게든 내 몸을 지키는 정도로만 힘을 쓰는 데 집중할까? 생명의 위협을 느끼는 상황에서 나는 그렇게 선 넘지 않는 반응만 할 수 있을까? 앞 유리에 득달같이 달려드는 눈을 보며 김 변호사는 고개를 가로저었다.

김 변호사와 두 번째로 마주 앉은 이진영은 그사이 꽤 정신을 차린 듯했다. 사건 이후 시간이 조금 지나서인지 축 처진 모습만 보여주었던 첫 만남 때와는 달리 앞으로의 재판 진행 과정을 묻거나 김 변호사의 이력을 궁금해하기도 했다. 무엇보다 가장 달라진 건 자신을 적극적으로 변호하는 점이었다.

"정육을 싸게 판 건 손님을 끌어들이려는 수단이었어

요. 마진 남길 생각이 없다 보니까 당연히 일반 정육 제품보다는 훨씬 싸게 팔 수 있었죠. 잠깐만 하고 말겠다는 게 반응이 좋아서 계속하다가…….”

"그날도 마찬가지 문제로 박정호가 따지러 온 건가요?"

"네. 처음에는 저도 그저 그런 날이구나 싶었어요. 욕한 바가지 먹고 어쩌면 한 대 맞겠구나. 그런데 절 죽이려고까지 할 줄은…….”

"음, 진영 씨가 아시는지 모르겠지만 죽은 박정호는 전과가 있었습니다.”

"네? 전과요?"

"네. 박정호는 폭행치사로 사람을 죽인 적이 있습니다.”

김 변호사의 말에 이진영이 놀란 듯 눈을 크게 떴다.

"7년 전 술에 취한 박정호가 길거리에서 마주친 행인을 무차별 폭행한 적이 있습니다. 어깨가 부딪혔다는 이유로요. 특히 머리 쪽에 큰 충격을 받은 피해자는 병원에서 치료받으며 연명했지만 얼마 못 가 사망했습니다.”

"……"

"지금이야 가중처벌을 받기도 하지만 당시에는 음주로 인한 심신미약이 법적인 감경 사유라서 형량이 되레

줄었어요. 박정호는 폭행치사로 7년 형을 선고받았습니다. 작년 8월에 출소했고요. 그러니까, 사건 당시 박정호는 감옥에서 출소한 지 반년도 채 안 된 상태였던 거죠."

여전히 놀란 표정으로 얼어 있는 이진영을 향해 김 변호사가 말을 이었다.

"박정호의 전과가 판결에 큰 영향을 끼치긴 하겠지만 그렇다고 그게 결정적인 요소는 아니에요. 진영 씨의 행위가 정당방위로 인정되려면 무엇보다 상당성이라는 게 중요한데 그게……."

김 변호사가 어렵다는 듯 말끝을 흐리자 이진영이 틈을 타 물었다.

"……상당성이요?"

"그러니까 쉽게 말하자면, 진영 씨가 박정호를 칼로 찌를 수밖에 없었을 정도로 당시 상황이 위중했다는 걸 증명해야 합니다."

"아, 가게 앞 CCTV 영상이 있잖아요! 정말 천만다행이죠. 영상 다 보셨죠? 거기 보시면 박정호가 얼마나 흥분했는지 알 수 있어요. 갑자기 나타나서……."

흥분한 이진영의 말을 김 변호사가 어렵게 잘랐다.

"전후 상황이 아니라, 사건이 벌어진 그 당시 상황이 찍힌 영상이 필요해요. 그걸로는 부족합니다."

김 변호사의 말에 이진영의 얼굴에 실망한 빛이 역력했다. 처음 만났을 때 보았던 그 앳된 얼굴은 그새 많이 늙어 있었다.

면회를 마치고 밖으로 나오던 김 변호사는 대기실에서 자신을 선임했던, 피고인의 누나를 발견했다. 그녀는 면회 대기석에 앉아 있었는데 옆에는 그녀의 아들이자 피고인의 조카로 보이는 한 아이가 붙어 있었다. 근심이 가득하기로는 아이의 얼굴도 엄마 못지않아 보였다. 그들을 아는 체하려던 김 변호사는 자신이 나가야 할 동선이 그 둘의 위치와 멀리 떨어져 있어 그대로 구치소를 빠져나왔다. 아직 그녀에게 전할 만한 기쁜 소식이 없는 게 미안하기도 했다. 근심 가득한 그들의 얼굴을 보자 김 변호사는 피고인이 억울한 일이 없도록 성심성의껏 사건을 맡아야겠다는 생각이 새삼 들었다. 역시 그러기 위해서는 무엇보다 사건이 벌어진 그 순간의 영상이 간절했다.

2024년 1월 25일. D-9 .

무엇보다 CCTV를 피하는 게 중요하다. 요즘 같은 시대에 모든 CCTV에 걸리지 않는 게 쉽지는 않겠지만, 적어도 살인을 저지르는 순간의 CCTV만큼은 조심, 또 조심해야 한다. 역시 청과물 가게 옆으로 난 외진 골목이 최적의 장소다. 인적도 드물고 CCTV도 없다.

…

2024년 2월 20일. 법무법인 비원.

천운이다. 경찰이 사건 당시의 상황이 찍힌 영상을 입수했다. 사건이 벌어진 그 막다른 골목 근처에는 타지 생활을 하다가 주말에만 집에 내려오는 한 노교수가 살고 있었는데, 그는 집에 올 때마다 사건이 벌어진 그 골목 근처에 차를 세워두곤 했다. 집 근처에서 살인 사건이 벌어졌고, 그 때문에 곤란한 처지에 놓인 사람이 자신이 평소 기특하게 여겼던 청과물 가게의 젊은 사장이라는 사실을 알게 된 그는 혹시나 하는 마음으로 자신의 차에 달린 블랙박스 영상을 확인했다. 다행스럽게도 상시 녹화 중이었던 블랙박스에 당시 상황이 고스란히 담겨 있었다. 다만 너무 먼 거리에서 찍힌 데다 광량도 충분하지 않은 탓에 당시 상황이 분명하게 보이지는 않았다.

김재환 변호사는 스페이스 바를 눌러 입수한 영상을 재생했다.

막다른 골목에 이진영이 나타난다. 길이 막혀 이러지도 저러지도 못하는 이진영에게 곧 한 남자가 거칠게 달려든다. 박정호다. 엉겨 붙은 두 남자가 몸싸움을 벌인다. 얼마 안 가 박정호의 힘에 밀린 이진영이 바닥에 쓰러진다. 쓰러진 이진영의 몸 위로 박정호가 단숨에 올라앉는다. 카메라가 비추는 각도상 박정호의 등만 보여 이후 어떤 상황이 벌어지는지는 잘 보이지 않는다. 박정호가 갑자기 옆으로 픽 쓰러진다. 벌떡 일어나 쓰러진 박정호의 상태를 살펴보던 이진영이 어디론가 허겁지겁 달려가며 화면에서 사라진다. 이후 이진영은 자신의 가게로 달려가 스마트폰을 찾아 119에 신고한 것으로 보인다.

저 때 박정호는 경동맥을 찔렸다. 경동맥이 끊기면 뇌로 가는 혈류가 급격히 줄어들어 대개는 얼마 못 가 사망한다. 이진영 입장에서는 운이 없었다. 아니, 박정호가 계속 자신을 죽이려고 했을 테니 운이 좋았다고 해야 할까?

뒤늦게 발견된 영상은 너무 먼 거리에서 찍힌 데다 어두웠지만, 적어도 박정호가 이진영을 위협하고 달려드는 모습만큼은 충분히 확인할 수 있었다. 피고인이 정당방위를 주장하는 데 분명 큰 도움이 될 만한 증거다.

"흉기가 안 보이잖아."

옆에서 함께 영상을 보던 유 변호사가 안도하던 김 변호사에게 찬물을 끼얹었다. 김 변호사는 조언을 구하기 위해 같은 법인 소속이자 검사 출신인 유 변호사에게 함께 영상을 보아달라고 부탁했다.

유 변호사가 이어 말했다.

"흉기가 죽은 피해자 거라는 증거는 나왔어?"

"아니요."

"피해자가 칼 들고 있는 모습이 찍힌 영상은?"

"그런 영상은 없어요. 하지만 이 영상을 보면 피해자가 피고인을 위협하는 건 분명히 확인되니까……."

반론하던 김 변호사는 어딘가 찝찝한 느낌이 들어 말끝을 흐렸다.

"피고인은 뭐래? 상대가 언제부터 흉기를 들고 쫓아

왔대?"

"피고인도 정신없이 도망치느라 그건 잘 모르겠다고 해요. 저 골목에서 피해자가 자기 몸 위에 올라탔을 때 품에서 칼을 꺼낸 거 같다고 하더라고요."

"그게 결국 빈틈인 거야."

"빈틈이요?"

"봐봐. 이 영상을 봐도 처음에 누구 손에 칼이 있었는지 알 수가 없잖아."

김 변호사는 거기까지 듣고 유 변호사가 말하려는 게 무엇인지 눈치챌 수 있었다. 유 변호사가 다소 과장된 톤으로 말을 이었다.

"평소에도 피해자에게 위협을 느끼고 있던 피고인은 언제 닥칠지 모르는 위험한 상황에 대비해 늘 칼을 소지하고 있었습니다. 그러다 결국 위급한 상황이 닥치자 피고인 이진영은 자신의 품에서 그 칼을 꺼내 박정호 씨의 목을 찔렀습니다……라고, 내가 검사라면 주장할 거란 말이지."

2024년 1월 27일. D-7

흉기는 이미 준비했다. 독일제 비셀 칼 세트. 육류의 뼈에 붙어 있는 살을 떼어낼 때 주로 쓰는 칼인데, 그중에 4호가 가장 적당하다. 가벼운 데다 날이 가늘고 뾰족해 놈의 목숨을 끊기에 딱 알맞다.

…

2024년 2월 28일. 청년 청과 앞 사거리.

다행히도 흉기가 박정호의 것이라는 명백한 증거가 나왔다. 박정호가 운영하던 정육점 안에 있는 작은 창고 한 구석에서 독일제 브랜드 비셀의 칼 세트가 발견되었는데, 범행 현장에서 흉기로 쓰인 4호 칼만 쏙 빠져 있었다. 박정호가 피해자 신분인 탓에 경찰의 수색이 다소 늦었지만, 뒤늦게라도 범행에 쓰인 흉기가 박정호의 것이라는 증거가 발견되었기 때문에 이진영의 정당방위를 입증하기에 더욱 유리한 조건이 되었다.

김 변호사는 혹시나 하는 마음으로 현장을 둘러보는 중이었다. 사건이 벌어진 막다른 골목에 이어 청과물 가게까지 들러본 김 변호사는 마지막으로 박정호가 운영하던 정육점 건물 앞에 섰다. 정육점은 청과물 가게 맞은편에 자리 잡고 있었는데, 건물 1층은 정육점으로, 2층은 주택으로 쓰고 있었다.

김 변호사가 불 꺼진 정육점 안을 들여다보고 있을 때였다. 막 건물 옆에 난 계단으로 중년 여자와 남자아이가 걸어 내려왔다. 정육점 문을 통해 밖으로 나온 둘은 집 앞의 분리수거 구역에 가지고 내려온 쓰레기를 버렸다. 둘은 박정호의 아내와 아이가 분명했다. 반복해 쓰레기를 내놓는 것으로 보아 김 변호사는 그들이 비극적인 사건이 일어난 이 동네를 떠나려 하는 거라고 추측했다.

거리를 두고 그 광경을 지켜보던 김 변호사는 그들이 더 이상 밖으로 나오지 않자 다시 정육점 앞으로 가 우뚝 섰다. 다시 박정호의 이층집을 올려보던 김 변호사는 문득 고개를 돌려 그들이 버린 쓰레기 더미를 바라보았다.

2024년 2월 2일. D-1

드디어 바로 내일이다. 내일 나는 놈을 죽인다. 마지막으로 다시 한번 점검하자. 모든 준비가 완벽한가? 아, 살인 계획이 담긴 이 문서도 처리해야 한다. 그래. 그렇다면 이제 모든 게 완벽하다!

...

2024년 5월 2일. 서울중앙지방법원.

사건 번호 2024 고합1091은 국민 참여 재판으로 진행됐다. 김 변호사가 먼저 권유했고 피고인인 이진영이 받아들였다.

시민들은 약자가 자신을 보호하는 행위를 하면 설령 그것이 과잉 방어라 할지라도 일단은 정당하다고 생각한다. 깊이 파고들어가면 법적으로는 다소 판단하기 어려운 사건이지만 일반인의 눈높이로 보면 보다 쉽게 무죄처럼 보인다. 물론 국민 참여 재판이라고 해서 배심원단의 평결로 유무죄를 정하는 건 아니지만, 판결을 내리는 판사는 배심원단의 평결을 존중해야 하는 강제성이 생기기 때문에 국민 정서를 고려할 수밖에 없다. 이상이 김 변호사가 국민 참여 재판을 선택한 이유였다.

그러나 재판은 김 변호사의 예상과 다르게 흘러갔다. 피고인 이진영에게 다소 불리한 방향이었다. 정확히 알 수 없는 사건 당시의 상황이 결국 문제가 됐다. 이 사건의 공판 검사인 이 검사는 처음부터 그 포인트만을 집요하게 짚었다. 내심 이진영의 무죄를 응원하며 재판을 지켜보던 대부분의 배심원들도 경험이 풍부한 이 검사의 노련한 변론에 절로 그 굳건한 믿음이 흔들렸다.

김 변호사는 재판 내내 자신의 부족한 능력을 탓했다. 지금껏 나온 증거들은 분명 피고인의 무죄를 가리킨다. 하지만 자신의 미숙함이 재판을 이런 분위기까지 흘러가게 했다. 초임인 자신이 아니라 경험이 풍부한 다른 변호사가 이 사건을 맡았다면 어땠을까?

김 변호사가 자신을 탓하고 있을 때 이 검사가 배심원단을 향해 최종 변론을 시작했다.

"아시다시피 우리 법은 개인이 자신의 법익을 보호하기 위해 힘을 사용하는 것을 허용합니다. 하나 여기서 중요한 점은, 그러한 힘의 사용은 반드시 필요한 한도 내에서만 허용된다는 점입니다."

적당한 타이밍에 한 박자 쉰 이 검사는 판사석으로 눈

길을 돌리며 변론을 이어갔다.

"사건 직후 자신이 살인을 저질렀다고 자백한 피고인은 뒤늦게 정당방위를 주장하며 자신의 행동을 정당화하고 있습니다. 그러나 당시 피해자의 행동이 살인을 저지를 정도로 피고인에게 실질적인 위협을 가했다 볼 만한 증거가 없습니다. 피고인의 행동은 한계를 넘어선 과도한 폭력의 사용으로 봐야 마땅합니다. 그러므로 저는 피고인에게 해당 범죄에 대한 책임을 물어 유죄 판결을 내려 주실 것을 재판장님께 간곡히 요청드립니다."

이 검사가 숙련된 솜씨로 최종 변론을 끝냈다. 김 변호사가 옆을 보자 그저 고개를 숙이고 있는 피고인 이진영의 모습이 보였다. 더는 말할 기력이 없다는 표정이었다. 결국 자신의 마지막 변론이 이 재판의 유무죄를 결정지을 것이다.

마지막 변론을 위해 자리에서 일어난 김 변호사가 아까부터 책상 위에 뒤집어 두었던 하얀 종이 하나를 번쩍 들어 올렸다. 배심원을 포함한 재판장 안의 모두가 김 변호사의 손끝에 있는 종이를 주목했다.

"이것은 제가 직접 피해자 박정호의 집 앞에서 확보한

종이입니다."

이 검사가 즉각 항의했다.

"사전에 합의되지 않은 증거입니다."

이 검사의 말이 맞았다. 판사 역시 찌푸린 표정으로 그 점을 지적하려들자 김 변호사가 재빨리 선수를 쳤다.

"죄송합니다, 재판장님. 시기를 놓쳐 증거신청을 하지 못했습니다. 이것은 증거가 아니라 하나의 참고 자료로 봐주시면 감사하겠습니다."

거짓말이다. 시간은 충분히 있었다. 다만 박정호의 집 앞에 버려졌던 이 증거는 김 변호사가 무단으로 취득한 것이라 사전에 증거신청을 한다면 그 증거능력, 그러니까 재판에서 사용될 수 있는지 여부를 다투는 데만 초점이 맞추어질 확률이 높았다. 아니, 불법적으로 취득한 이상 사실상 이 증거가 채택될 확률은 제로였다. 그럴 바에야 김 변호사는 차라리 이 증거를 최후 변론 때 참고 자료로 쓰는 게 맞다고 판단했다. 만에 하나라도 재판이 불리하게 돌아간다면 배심원들의 마음을 돌릴 히든카드로 말이다.

"보시다시피 이 종이에는 살인이 벌어진 막다른 골목

과 그 근처의 약도가 그려져 있습니다. 이 그림으로 볼 때, 당일 피해자 박정호가 피고인 이진영을 막다른 골목으로 몰고 간 것은 결코 우연이 아님을 알 수 있습니다. 박정호는 철저한 계획하에 피고인을 살해하려고 했던 것입니다."

배심원들은 일제히 눈을 돌려 김 변호사가 대형 스크린에 띄운 참고 자료를 자세히 보았다. 종이에는 사건이 벌어진 막다른 골목과 정육점, 청과물 가게의 위치 등이 거칠게 그려져 있었다. 피해자가 죽은 골목에는 가위표가 그려져 있었고, 근처의 CCTV 위치도 전부 표시되어 있었다. 누가 보아도 사전에 범행을 계획했음을 알 수 있는 증거였다.

술렁거리는 재판장의 분위기를 한동안 지켜보던 김 변호사는 적당한 타이밍에 말을 이어갔다.

"이번 사건에는 여러 증거가 나왔습니다. 당시의 상황을 대략적으로 파악할 수 있는 블랙박스 영상이 나왔고, 피해자 집에서는 범행에 사용된 흉기도 나왔습니다. 게다가 여기 이렇게 사전에 살인을 계획한 것으로 보이는 증거까지 있습니다. 이런 무수한 증거가 있음에도 먼저 자신을 공격한 자의 목숨을 잃게 했다는 이유로 되레 피고인의 죄를 묻는다면, 그건 대한민국 국민 모두가 가질 수 있는 가장 기본적인 권리이자 의무를 부정한다는 뜻과 다름없습니다."

예상치 못한 증거가 나오자 당황한 기색이 역력한 이 검사의 표정을 보며 김 변호사가 힘차게 변론을 마무리했다.

"배심원단 여러분, 그리고 재판장님, 제 의뢰인에 대한 무죄 판결을 간곡히 요청드립니다. 피고인은 오직 자신의 생명을 지키기 위해 필요한 조치를 취한 것에 불과합니다. 이러한 행동은 명백히 법이 정의하는 정당방위의 한계 내에서 이루어진 것일 뿐, 그 어떤 범죄행위도 아닐 것입니다."

"······판결. 사건 번호 2024 고합1091. 피고인 이진영. 죄명 상해치사. 본 법원은 위 사건에 대한 심리를 종결하고, 다음과 같이 판결한다. 본 사건의 심리 과정에서 확인된 바에 의하면 피고인 이진영은 2024년 2월 3일, 자신의 신체에 대한 불법적인 공격을 받고 있던 상황에서 자신의 생명과 신체를 보호하기 위한 최소한의 필요한 행동을 취하였다. 피고인이 당시 직면한 상황을 고려할 때, 피고인의 이 행위는 생명에 대한 현재의 부당한 침해를 방위하기 위한 행위로 이는 형법 제21조 1항에 해당되어 범죄가 되지 아니한다. 이에 형사소송법 제325조 전단에 의하여 본 법원은 피고인 이진영에게 무죄를 선고한다."

재판이 시작될 때 막 떠오르던 둥근 해는 어느새 어둠에 반쯤 가려진 달로 바뀌어 있었다. 막 재판이 끝난 법정 앞 복도에 선 김 변호사는 반쯤 열린 창문 사이로 쏟아지는 훈훈한 봄바람을 맞았다. 항상 당연하다고 생각했던 그 바람이 오늘따라 새삼 소중하게 느껴졌다.

뒤에서 누군가가 그의 어깨를 두드렸다. 돌아보니 이진영의 누나인 이진경이 아이와 함께 나란히 서 있었다. 그녀가 고개를 거듭 숙이며 말했다.

"감사합니다, 변호사님. 감사해요!"

"아닙니다. 저야말로 감사해요. 저 같은 초짜를 믿어주셔서. 동생분은 절차만 마치면 오늘 바로 석방되실 거예요."

"그럼, 혹시 재판은 이걸로 끝일까요?"

"말씀드리기 조심스럽긴 하지만, 아마 항소해도 결과는 똑같을 겁니다."

이번 사건이 어려웠던 점은 피고인의 방어 행위가 무려 살인이라는 결과에까지 이르렀다는 점이었지만, 다행스럽게도 그 전에 상당한 위협을 받았다고 추측할 수 있는 증거가 여럿 나왔다. 김 변호사는 설령 항소한다고 하더라도 피고인의 무죄를 뒤집기는 어려울 거라고 생각했다.

안도의 한숨을 내쉬며 기뻐하던 진경이 갑자기 몹시 궁금하다는 표정으로 물었다.

"그런데 변호사님, 마지막에 그 약도요. 박정호 집에서 직접 찾으셨다고 했는데, 대체 어떻게 된 거예요?"

"아, 실은 전에 현장에 들렀다가 박정호 씨 가족이 집

밖에 쓰레기 더미를 내놓는 걸 봤어요. 별생각 없이 그중에 아이가 버린 스케치북을 넘겨보는데, 그 맨 뒷장에 사건 현장이 그려진 약도가 나오는 거예요."

진경이 감탄했다는 표정을 지으며 다시 한번 고개를 숙였다.

"감사합니다. 변호사님. 변호사님 덕분에 동생이 살았어요. 정말 감사합니다."

눈물까지 글썽이던 진경이 옆에 서 있던 아이에게 재촉했다.

"정우도 아저씨한테 아빠 도와주셔서 감사합니다 해야지."

······아빠? ······아빠라고?

"저, 방금 아빠라고 하셨나요? 이 아이, 이진영 씨 조카 아니었어요?"

진경이 웃으며 말했다.

"아, 정우가 제 아들인 줄 아셨구나. 애는 제 동생 진영이 아들이에요."

"진영 씨가 결혼을 하셨나요? 기록이 없는데······."

"그게, 혼인신고도 하기 전에 애 엄마가 먼저 하늘나라로 떠나서 법적으로는 아무 기록이 없어요. 어휴, 진영이가 여태껏 저 혼자 애 키운다고……."

말하다 감정이 오르는 듯 진경이 더 말을 잇지 못했다. 궁금해 사정을 더 물으려던 찰나, 김 변호사는 막 법정을 빠져나오는 이진영과 눈이 마주쳤다. 처음 만난 이후로 내내 굳은 표정이었던 이진영이 고개를 꾸벅 숙이며 자신을 향해 옅은 미소를 지었다. 순간, 김 변호사는 그 미소가 어딘가 불편하게 느껴졌다.

2024년 5월 2일

성공이다! 정당방위!

2024년 2월 2일. D-1

드디어 바로 내일이다. 내일 나는 놈을 죽인다. 마지막으로 다시 한번 점검하자. 모든 준비가 완벽한가? 아, 살인 계획이 담긴 이 문서도 처리해야 한다. 그래. 그렇다면 이제 모든 게 완벽하다!

사건이 벌어진 후, 놈이 나를 죽일 계획을 세웠다고 볼 만한 증거가 하나둘씩 발견될 것이다. 범행 현장이 그려진 약도도 나오면 좋을 텐데. 언젠가 가게 앞을 지나가는 놈의 아들에게 귀엽다고 말하며 학용품 세트를 선물로 줬다. 그중 하나였던 스케치북 뒷면에 사전에 살인을 계획한 듯한 약도를 그려 넣어두었다. 이것까지 발견되면 더더욱 놈이 나를 계획적으로 살해하려 한 것처럼 보일 것이다.

2024년 1월 27일. D-7

홍기는 이미 준비했다. 독일제 비셀 칼 세트. 육류의 뼈에 붙어 있는 살을 떼어낼 때 주로 쓰는 칼인데, 그중에 4호가 가장 적당하다. 가벼운 데다 날이 가늘고 뾰족해 놈의 목숨을 끊기에 딱 알맞다.

청과물 가게를 열고 오픈 기념행사를 했을 때 그놈에게 경품에 당첨됐다고 하면서 비셀 칼 세트를 주었다. 물론 내가 쓸 4호 칼은 뺐다. 당시 경품을 받고 좋아하던 놈의 표정이 선하다. 그래. 잘 가지고 있어라. 그래야 너의 목숨을 빼앗은 그 칼이 네 것이라는 증거가 될 테니까.

2024년 1월 25일. D-9

무엇보다 CCTV를 피하는 게 중요하다. 요즘 같은 시대에 모든 CCTV에 걸리지 않는 게 쉽지는 않겠지만, 적어도 살인을 저지르는 순간의 CCTV만큼은 조심, 또 조심해야 한다. 역시 청과물 가게 옆으로 난 외진 골목이 최적의 장소다. 인적도 드물고 CCTV도 없다.

그렇다고 아예 영상이 없어도 곤란하다. 적어도 그놈이 나를 위협하는 것만큼은 확인할 수 있을 정도의 영상은 필요하다. 주말마다 내려와 과일을 사 가는 박 교수는 꼭 차를 그 좁은 골목에 세워둔다. 기기에 불이 꾸준히 깜빡이는 걸로 보아 상시 녹화되는 블랙박스인 듯하다. 그 정도 거리에서 찍힌 영상 정도면 딱 적당하다. 녀석을 약 올려서 막다른 골목까지 날 쫓아오게 만들기만 하면 된다. 놈이 나를 향해 달려드는 정도의 모습만 찍히면 성공이다.

2024년 1월 18일. D-16

놈을 죽이는 데 한 치의 두려움도 없다. 도리어 그 뻔뻔한 얼굴을 계속 마주해야 하는 게 훨씬 더 두렵다. 다만, 내가 여전히 망설이는 이유는 단 하나. 하나뿐인 나의 사랑하는 아들 때문이다. 내가 놈을 죽이고 철창신세가 되면 내 아들은 아비도 없이 자라게 된다. 내가 놈을 죽이는 데 실패하고 죽는다 해도 마찬가지다. 내 아들은 범죄자의 자식이라는 꼬리표가 달린 채 세상을 살아가야 한다. 그것만큼은, 그것만큼은 정말 두렵다.

놈을 죽이고도 나는 무죄가 되어야 한다. 놈이 먼저 나를 죽이려 했고, 나는 내 몸을 지키기 위해 어쩔 수 없이 놈을 죽인 것처럼 일을 꾸며야 한다.

2024년 1월 10일. D-24

놈을 마주할 때마다 뜨거운 피가 들끓는다. 더는 견디기 힘들다. 어쩌면 저렇게 뻔뻔한 얼굴을 하고 있을까? 타인을 고통스럽게 만든 적 따위는 단 한 번도 없다는 투다. 놈이 견딜 수 없는 고통에 괴로워하는 모습을 수백 번 상상한다. 치켜뜬 눈의 흰자엔 벌건 핏줄이 서고, 떡 벌린 입에서는 더러운 타액이 줄줄 흐르고, 살이 찢기는 고통에 몸부림치는, 추하게 일그러진 놈의 얼굴을 하루빨리 보고 싶다.

놈의 정육점 앞에 청과물 가게를 오픈한 지 두 달이 되어간다. 오늘 그놈을 죽일 적당한 디데이를 정했다. 일은 계획대로 진행되고 있다. 오늘도 놈이 왜 정육 제품 가격을 올리지 않냐며 상도덕도 없는 새끼라면서 가게로 쳐들어왔다. 놈의 입에서 상도덕이란 말이 나오니 웃음만 나온다. 사람들이 다 보는 앞에서는 불쌍하게 맞는 척하다가 몰래 놈의 귀에 대고 좆이나 까라고 약 올렸다. 흥분한 놈이 더 난동을 부렸다. 그래. 지금 마음껏 놀아둬라. 이 살인자 새끼야.

2023년 8월 19일.

그놈, 유경이를 죽인 그놈이 오늘 출소했다. 너무 빠르다. 그 죗값이 너무나 가볍다.

7년 전, 그 길거리에 유경이와 내가 함께 있었다면 어땠을까? 유경이를 죽이려고 하는 놈을 내가 보았다면 나는 분명 망설임 없이 놈을 죽였을 거다. 내 아내를, 정우의 엄마를 지키기 위해서는 당연한 일이다.

나는 이제야 놈을 죽이려고 한다. 그러니까 이건 원한에 따른 복수라기보단,

그저 조금 늦게 행사하는 정당방위다.

대행

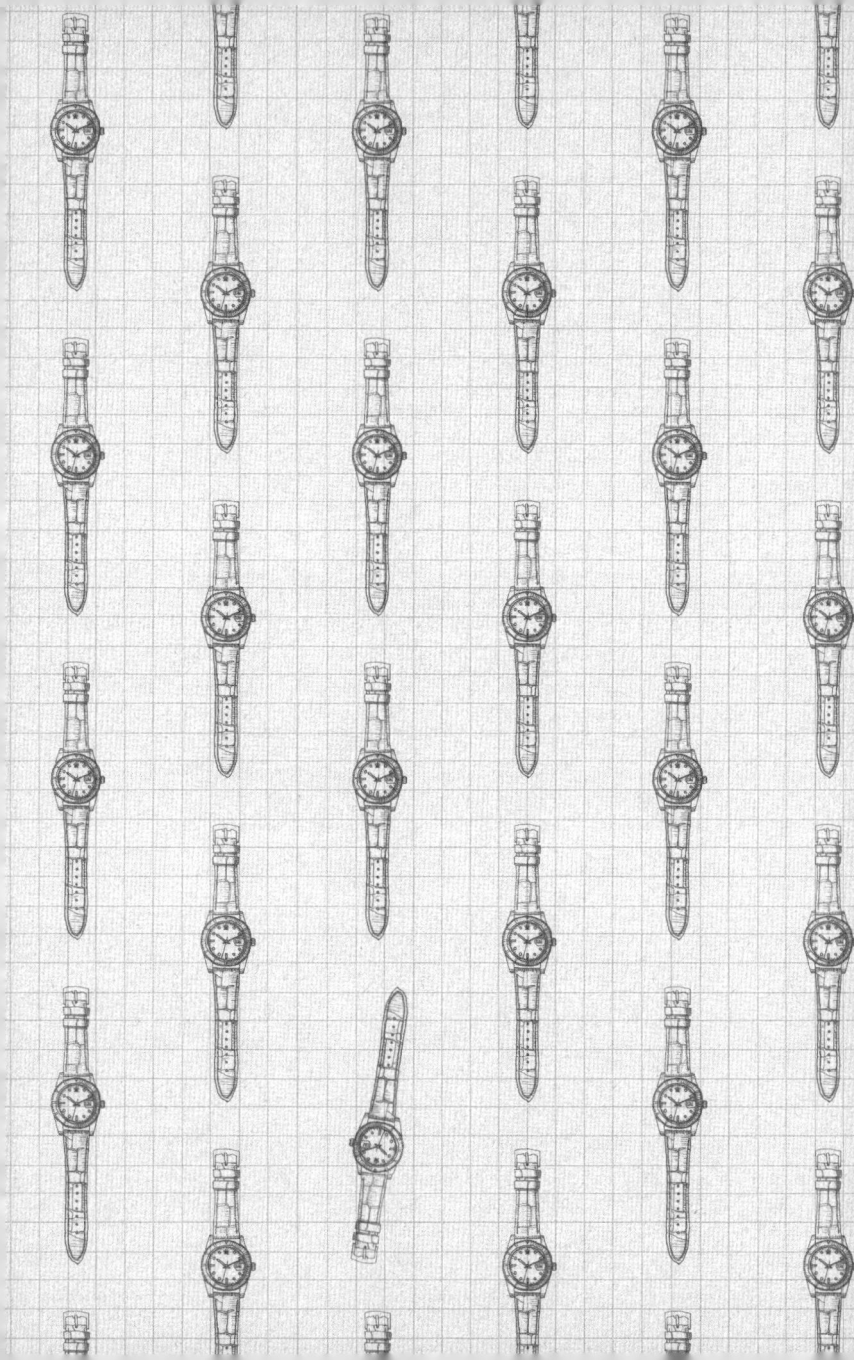

상견례 장소는 강남에 위치한 고급 한식당이었다. 기원은 그곳의 인테리어가 마음에 들었다. 먹빛 기와로 덮인 나무 대문을 열고 안으로 들어서자 멋스럽게 꾸민 정원이 펼쳐졌다. 한쪽에 자리 잡은 연못에는 오래된 물레방아가 잔잔하고 부드러운 물소리를 내며 돌았고, 희고 붉은 비단잉어들이 물살을 가르며 유유히 헤엄쳤다. 구불구불한 돌길을 따라 실내로 들어서니 은은한 노란빛 조명과 고풍스러운 인테리어가 예스러운 분위기를 자아냈고, 한쪽 벽면을 가득 채운 수묵화와 아담한 장식장에 진열된 도자기들이 고급스러운 느낌을 더했다.

출입문 옆 전신 거울 앞에 선 기원이 옷매무새를 가다듬었다. 특별한 날에만 꺼내 입는 감색 정장이 점잖게 꾸민 기원의 용모와 잘 어울렸다.

카운터에 다가선 기원이 주은의 이름을 대자 단정한 차림을 한 중년의 여성 지배인이 고개를 끄덕이며 그를 안내했다. 은은한 조명이 비치는 복도를 앞서 걷던 그녀가 양옆으로 늘어선 방 중 하나를 정중하게 가리켰다. 기원이 창호를 열고 방 안으로 들어서자 교자상 앞에 앉아 손가락을 만지작거리는 주은이 보였다. 기원을 본 그녀가 표정을 밝게 고치며 자리에서 벌떡 일어났다.

"아빠!"

기원이 따스한 미소를 짓고 곁에 다가온 주은의 등을 도닥였다. 기원의 외투를 받아 옷걸이에 건 주은이 곧바로 기원의 팔에 안기듯 팔짱을 꼈다. 문가에 서 있던 지배인이 서로를 향한 애정이 묻어나는 둘을 보고 흐뭇한 미소를 지으며 말했다.

"식사는 신랑 가족 분들이 오시면 준비해드리겠습니다."

기원이 지배인을 보며 공손히 부탁했다.

"오늘 잘 부탁드리겠습니다."

"그럼요. 오늘이 어떤 날인데요. 실수하지 않게 신경 쓰겠습니다."

말을 마친 지배인이 방문을 닫고 물러가자, 주은이 팔짱 낀 손을 풀고는 기원을 향해 고개를 소곳이 숙였다.

"오늘 잘 부탁드리겠습니다."

"그럼요. 오늘이 어떤 날인데요. 실수하지 않게 신경 쓰겠습니다."

기원이 앞서 했던 지배인의 말을 똑같이 따라 하며 주은의 긴장을 풀어주려 했지만, 그녀는 잠깐 미소 지었을 뿐 곧 다시 굳은 표정으로 돌아갔다.

사실 둘은 부녀 관계가 아니었다. 기원은 상견례를 앞둔 주은이 역할 대행 회사에 의뢰해 고용한 가짜 아버지였다.

며칠 전 조용한 카페에서 마주 앉았을 때, 주은은 기원에게 자신의 사정을 털어놓았다.

주은에게는 홀아버지가 있는데, 그는 돈이란 단어만 들어도 눈이 반짝이는 사람이었다. 딸이 결혼하기로 한 남자 집안이 돈깨나 있다는 걸 알게 된 그는 벌써부터 한몫 챙길 생각만 한다고 했다. 주은은 식도 올리기 전부터 속셈을 드러내 보이는 아버지를 없는 사람 치고 결혼하고 싶었지만, 되레 결혼 상대자인 진형이 그녀를 설득했다. 아무리 그래도 딸이 결혼하는데 사위 될 사람 얼굴을 아버지가 한 번쯤은 보아야 도리가 아니겠냐고. 진형의 거듭된 설득에 주은은 결국 그 뜻을 따르기로 했지만, 아무리 생각해도 속물근성이 온몸에서 배어 나오는 자신의 아버지를 시부모 될 사람들한테 그대로 보일 수는 없어 급히 대행을 구한다고 했다.

모든 사정을 전해 들은 기원이 상견례 이후의 일은 어떻게 할 거냐고 걱정스레 물었을 때, 주은은 애써 웃으며 답했다.

"결혼하면 런던에서 살기로 했어요. 해외로 나가면 어차피 보기 힘들어지니까, 괜찮지 않을까요?"

주은이 곧 간절한 표정으로 이어 말했다.

"선생님. 저 이 사람 정말 놓치고 싶지 않거든요. 잘 좀 부탁드리겠습니다."

기원이 그때 일을 떠올리며 주은을 바라보다가 전에 깜빡하고 전하지 못한 말을 당부했다.

"제가 냅킨으로 입가를 닦으면 그건 제가 말하기 곤란한 상황이란 뜻입니다. 그때는 저 대신 나서서 말씀해주시면 됩니다."

말없이 고개를 끄덕이는 주은을 보며 기원은 그녀가 원했던 자신의 역할을 다시 한번 되새겼다. 온화한 인상에 바른 말을 쓰는 믿음직한 아버지. 그리고, 이 세상 누구보다 딸을 사랑하는 남자. 그녀가 평소 바라던 아버지의 모습인 걸까? 어쩐지 딱하게 느껴지는 그녀를 보며 기원이 좋은 아버지가 되겠다고 각오를 다졌을 때였다. 방문이 드르륵 열리며 두 남자가 방 안으로 들어왔다.

식전 음식으로 나온 전복죽의 맛이 싱거웠다. 허연 죽을 한 숟가락 떠먹은 기원이 생각했다. 원래 간을 이렇게 한 걸까? 아니면 지금 자신이 맛을 잘 느끼지 못하는 걸까? 기원이 마주 앉은 남자의 얼굴을 슬쩍 살폈다. 자신이 사돈이라고 부르는 그 남자 역시 별다른 맛을 느끼지 못하는 건 마찬가지인 듯했다.

아닌 게 아니라 분위기가 영 어색했다. 기원은 본래 말수가 적었고 마주 앉은 남자 역시 마찬가지였다. 기원이 듣기로 신랑 측 어머니는 불과 이틀 전 교통사고를 당해

병원에 입원했다. 그래서 이렇게 무뚝뚝한 두 남자만 마주 앉게 됐다. 주은의 결혼 상대자인 진형만이 아까부터 이런저런 말을 꺼내며 어색한 분위기를 띄우려 했지만 정적은 쉽게 걷히지 않았다.

기원이 옆에 앉은 주은의 얼굴을 살폈다. 애써 지은 미소 속에 감춰진 불편함이 고스란히 느껴졌다. 딸을 향한 애정이 깊은 아버지라면 이런 어색한 분위기를 그대로 두고 보지는 않겠지. 다시 각오를 다진 기원이 자신이 사돈이라고 불러야 할 남자를 주의 깊게 관찰했다. 손목에 찬 그의 명품 시계가 금빛을 내며 반짝였다.

"사돈 어르신께서 골프를 즐겨 치신다고 들었습니다. 요즘도 자주 필드에 나가시나요?"

"네. 주에 한 번은 치러 가는 편입니다."

"그러면 평균 스코어가 얼마나 되십니까?"

기원의 질문에 사돈이 대답할 말을 고르는 듯 턱을 매만졌다. 그때 진형이 끼어들었다.

"아버지는 80타 정도 치세요. 잘 치시면서 쑥스러워서 자랑을 못 하세요. 아버님께서도 골프를 즐겨 치세요?"

"치면 자꾸 공이 산으로 가서 그렇지 좋아는 합니다.

골프채보다 공값이 더 들어요."

기원의 우스갯소리에 자리에 있던 모두가 빙긋이 웃었다.

이후 기원이 분위기를 이끌었다. 엄숙하게만 보이던 사돈의 얼굴도, 다소 긴장하던 주은의 모습도 기원의 너스레에 점차 편해졌다. 지금 이 순간, 딸을 위해 분위기를 바꾸려고 애쓰는 기원의 모습은 누가 봐도 영락없는 딸바보였다.

기원은 언제나 맡은 바 역할을 충실히 해내는 사람이었다. 아주 사소한 역할이라도 꼼꼼히 대비해 제구실을 했다.

한번은 태양광 투자 설명회에서 참석자 역할을 맡은 적이 있다. 보통 행사 주최 측이 관객 수를 늘려 분위기를 보다 뜨겁게 조성하고 싶을 때 고용하는 역할이다. 그는 많은 참석자가 역할 대행이라는 걸 사전에 전달받지 못한 진행자로부터 행사 도중 곤란한 질문을 받은 적이 있는데, 마치 기다렸다는 듯 해당 사업에 대한 지식을 줄줄 읊으며 실제 태양광 사업에 관심이 많은 예비 투자자처럼 답변해 행사 분위기를 해치지 않았다. 아무 생각 없이 나가 의자에 앉아만 있다가 올 수 있는 역할임에도 그는 결코 가볍게 여기지 않고 성심성의껏, 실제로 그 사람인 것처럼 행동했다.

이런 기원을 의뢰인들이 좋아하지 않을 수 없었다. 그를 고용한 의뢰인들은 일이 끝나면 기원에게 따로 봉투를 건네거나, 번거로움도 마다하지 않고 회사 홈페이지에 기원을 칭찬하는 후기를 남겼다. 역할 대행 회사에서 자체적으로 나눈 프리랜서 등급표에서 기원은 늘 가장 높은 순위를 차지했다.

주은은 기원이 자신의 아버지가 된 게 다행이라는 표정을 지었다. 기원이 흐뭇한 눈빛으로 자신을 바라보던 주은과 눈을 마주칠 때, 이번엔 진형의 아버지가 물었다.

"아이들이 런던에 구했다는 집은 보셨습니까?"

"네. 사진으로 봤습니다. 아주 멋지던데요?"

기원은 주은과 사전 만남을 가졌을 때 보았던 런던 집 사진을 떠올렸다. 외관이 멋스러운, 분위기가 멋진 맨션이었다. 진형의 아버지가 기원에게 이어 물었다.

"듣기로 집 사는 데 필요한 보증금을 사돈어르신이 빌려주신다고 하셨다고요?"

보증금? 기원은 모르는 일이다. 대충 둘러댈까? 순간적으로 고민한 기원은 혹시나 실수할까 싶어 테이블 위에 올려두었던 냅킨으로 입가를 닦았다. 신호를 받은 주은이 재빨리 끼어들어 대신 답했다.

"네, 아버님. 저도 마침 여윳돈이 없어서요. 아버지께서 빌려주시겠다고 하셔서……."

대략의 상황을 눈치챈 기원이 미소를 지으며 끼어들었다.

"딸이 결혼하는데, 그게 뭐 얼마나 된다고요."

이번엔 진형이 송구한 표정을 지으며 기원에게 말했다.

"아버님. 죄송합니다. 제가 급히 융통할 수 있는 돈이 없어서요. 돈은 제가 집 잔금 치르면서 바로 갚도록 하겠습니다."

주은의 결혼 상대자인 진형은 소수의 재력가들을 상대로 요트 사업을 한다고 했다. 주은이 전에 보여준 그의 SNS 사진들을 보면 명품 옷을 입고 호화로운 요트 앞에서 포즈를 취하거나, 미쉐린 스타 레스토랑에서 저녁을 즐기는 등 화려한 모습이 눈에 띄었다. 아직 젊은 나이임에도 불구하고 사업가로서 상당한 성공을 거둔 듯 보였다. 넉넉한 경제력은 물론이고 자신감 있고 선한 인상에 결혼 상대를 세심하게 살피는 모습까지. 이런 남자라면 최고의 사윗감이겠지.

다만, 기원은 아까부터 찝찝한 점이 하나 있었다. 기원은 그 의심을 확인하기 위해 자신이 사돈이라고 부르는 남자를 향해 물었다.

"제가 듣기로는 진형 군이 외국에서 태어났다고 들었는데……."

기원이 말끝을 흐리자 그가 금방 나서서 말했다.

"캐나다요."

"아, 네. 캐나다. 저도 일전에 퀘벡시티에 한 번 가본 적이 있는데, 도시가 참 예쁘더군요. 사돈어른께서는 캐나다 어느 곳에 사셨습니까?"

기원의 질문에 그가 금방 답을 하지 못하고 또 턱을 매만지자 이번에도 진형이 먼저 나섰다.

"밴쿠버에 있었습니다."

기원은 확신했다. 자신이 사돈이라고 부르는 저 남자 역시 대행이 분명했다.

기원이 대행이라고 생각하는 남자가 화장실에 다녀오겠다며 방을 나가자 잠시 뒤 기원도 그 뒤를 따랐다. 화장실 문을 살짝 열어보니 그가 다소 힘들어하는 표정으로 세면대 앞에서 손을 씻고 있었다. 조심스럽게 안으로 들어간 기원이 그 뒤에 서서 말을 걸었다.

"이런 자리가 아무래도 어색하시죠?"

다소 굳은 표정으로 손을 씻던 그가 거울에 비친 기원을 보고는 급히 표정을 고치며 말했다.

"아무래도 제가 상견례가 처음이라 쉽지 않네요."

"아버지 역할이란 게 쉽지 않죠."

기원의 중의적인 표현에 뜨끔한 그는 기원이 자신을 위로하는 건지, 아니면 자신의 정체를 까발린 건지 알 수 없어 본인도 모를 어색한 표정만 지었다. 그런 남자에게 기원이 직격탄을 날렸다.

"골프는 아예 쳐본 적이 없으시죠? 아마 캐나다도 가보신 적 없을 테고."

이어진 기원의 말에 그제야 아까의 말뜻을 정확히 알

아들은 남자가 놀라서 물었다.

"아……. 어떻게…… 아셨어요?"

기원이 남자가 턱을 매만졌던 행동을 따라 하며 말했다.

"곤란한 질문을 받더라도 표정까지 굳어지면 안 돼요. 같이 있는 사람이 모르는 질문에 대신 대답해줄 수는 있겠지만 표정까지 대신할 수는 없으니까요. 중요한 건 어차피 정보보다 정서예요. 한번 태도가 어색해 보이면 그때부터는 상대방이 의심할 수 있거든요."

놀란 듯 입을 벌리고 기원의 말을 듣던 남자가 이내 체념한 듯 실토했다.

"실은 제가 일을 시작한 지 얼마 안 돼서요. 식장에서 아버지 역할은 한 적이 있어도 상견례는 처음이라……."

남자가 난처한 표정을 지으며 말을 이었다.

"저, 아버님, 이번 한 번만 모른 척 넘어가주시면 안 될까요? 제가 꽤 많은 돈을 받기로 해서요."

"얼마나 받으셨는데요?"

"300만 원이요……."

기원은 깜짝 놀랐다. 남자는 통상 이런 일을 하고 받는 보수보다 네다섯 배 많이 받았다. 그의 의뢰인인 진형이 꽤 신경을 썼다는 이야기다.

"진형 군은 왜 역할 대행을 구했다고 합니까?"

기원의 질문에 곤란한 듯 머뭇거리던 남자가 어렵게 입을 열었다.

"그게, 부모가 결혼을 반대한다더군요."

"반대요?"

"네."

"왜요?"

"그…… 아버님 앞에서 이런 이야기 하기 죄송하지만, 결혼할 상대방 집안이 자기네랑 격이 안 맞는다는 뻔한 이유로 반대하는 것 같아요. 그런데 진형 군은 결혼할 상대방이, 그러니까 주은 양이 자기 부모가 반대한다는 사실을 몰랐으면 하는 모양이에요. 가뜩이나 경제적인 차이 때문에 주은 양이 결혼을 부담스러워하고 있는데 그런 문제까지 알아서 더 불편하게 하고 싶지 않다고요."

남자의 말을 듣고 잠시 생각하던 기원은 자신이 주은으로부터 모든 사정을 전해 들었을 때와 똑같은 질문을 했다.

"그럼, 상견례가 끝나면 어떻게 수습한답니까?"

"어차피 곧 해외로 갈 생각이라더군요. 들으셨죠? 런던에 집을 구했다고. 어차피 자기는 집안과 연을 끊을 거라고요."

입을 다문 기원이 짧게 신음을 흘렸다. 둘 다 똑같은 생각을 했다. 여자는 개차반인 자신의 부모를 보이고 싶지 않아 대행을 구했고, 남자는 결혼을 반대하는 자신의 부모를 보이고 싶지 않아 대행을 구했다. 이유를 가리고 목적만 보자면 둘 다 똑같았다. 어떻게든 서로 결혼하고 싶어 가짜 아버지를 구했다.

"아버님. 죄송합니다만, 한번 넘어가주실 수 없을까요?"

이제껏 기원의 사돈 역할을 한 남자가 딱한 얼굴로 빌듯이 말했다. 곧 머릿속에서 생각을 정리한 기원이 표정을 부드럽게 고치고 말했다.

"우리 사이에 봐주고 말고 할 게 있나요? 들어가시지요. 사돈."

기원이 탕평채를 앞접시에 한 번 더 덜었다. 녹두로 만든 부드럽고 쫄깃한 식감의 청포묵에 양념장을 살짝 찍어 먹으니 입안 가득 퍼지는 담백한 맛이 아주 일품이었다.

화장실에서 상대의 정체를 까발린 기원은 이후 자신이 누구인지도 말해주었다. 상대방 역할 대행은 이런 자리가 처음이라 안 그래도 불편한 상황에서 자신의 정체까지 들켜 심리 상태가 완전히 무너졌다. 이대로 상견례를 계속 진행한다면 주은 역시 그를 의심할 것이 분명했다. 기원은 그의 마음부터 편하게 해주어야 이 자리가 무사히 끝날 거라고 판단했다. 그래서 자신 역시 대행임을 털어놓았다. 대화를 더 나눠보니, 둘이 심지어 같은 회사 소속이란 것도 알게 됐다. 자신의 이름을 동환이라고 밝힌 상대 측 역할 대행은 서로의 상황을 이해하게 되어서인지 이후 모든 게 자연스러워졌다.

갈비찜의 뼈에 붙은 살을 꼼꼼히 발라 먹던 동환이 기원에게 물었다.

"사돈어르신, 일하는 건 어떠세요? 재미있으세요?"

"네. 저는 아무래도 천직 같습니다."

"어쩐지. 일에 굉장히 자부심을 느끼시는 분이라는 느낌을 받았습니다."

"뭐랄까요. 아시겠지만 일하다 보면 늘 다른 사람들을 만나고 새로운 상황이지 않습니까? 저는 그게 낯설고 불편하다기보다는 그저 재미있더군요."

"그러시군요. 저는 그럴 때마다 아직 힘이 들어서."

"조금 더 그 상황에 몰입해보세요. 그러면 아마 지금보다 더 재밌어질 겁니다."

"사돈어른에 비하면 저는 아직 멀었습니다."

마주 앉은 두 남자가 사이좋은 사돈처럼 껄껄 웃었다. 옆에 있던 주은과 진형에게는 아버지들이 각자 하는 사업에 대한 이야기로 들렸겠지만, 사실 두 사람에게는 역할 대행 일에 관해 주고받은 대화였다.

화기애애해진 분위기에 기원은 주은의 얼굴을 다시 한번 살폈다. 흡족하고 즐거운 표정이었다. 이대로라면 상견례는 잘 마무리될 것이다. 자신은 이번에도 딸 바보 아버지 역할을 문제없이 소화했다. 그런 생각을 하던 기원은 뼈 바른 생선 살을 주은의 앞접시에 덜어주는 진형을 보고 화들짝 정신이 들었다. 딸을 시집보내는 아버지로서 정작 가장 중요한 걸 소홀히 하고 있었다.

젓가락을 상 위에 내려놓은 기원이 자세를 고치고 진

형에게 물었다.

"주은이한테 들었는데, 요트 사업을 한다고요? 대여업을 하는 건가요?"

"네. 맞습니다, 아버님."

"나도 본 적이 있어요. 일 때문에 부산에 종종 내려가는데 수영만에 요트들이 아주 많더군요. 수영만이 요트 대여로는 우리나라에서 제일 규모가 큰 곳이죠?"

"아, 아버님도 잘 알고 계시네요."

"네. 그럼 혹시 수영만에도 대여하고 있는 요트가 있나요?"

"네. 회사 소유 요트가 몇 대 있습니다."

"실은 곧 고등학교 동창들이랑 부산 여행을 가기로 했는데, 수영만에서 요트를 타려고 했거든요. 그래서 그런데, 한 일주일 뒤에 진형 군 회사의 요트를 탈 수 있을까요? 물론 장인 될 사람이라고 공짜로 탈 생각은 없습니다."

"아닙니다, 아버님. 당연히 제가 모셔야죠. 회사에서 제일 좋은 배로 준비하겠습니다!"

진형의 말에 기원이 은은한 미소를 지었다. 그때 여성

지배인이 문을 열고 방 안으로 들어왔다. 전통 병과와 곶감, 수정과가 상 위에 오르며 상견례 자리가 막바지에 다다랐음을 알렸다.

진형이 기원의 빈 잔에 수정과를 따르며 예를 차려 말했다.

"아버님. 오랜 시간 소중히 키우신 따님, 이제 제가 고생시키지 않고 평생 아끼겠습니다."

말을 마친 진형이 다소 비장한 표정으로 기원의 대답을 기다렸다. 그의 아버지 역할을 대행하는 동환도 이제는 꽤 그럴듯한 표정으로 기원을 바라보았다. 마지막으로 기원은 자신을 바라보며 미소 짓는 주은과 눈을 마주쳤다. 이제 사랑하는 딸을 시집보내는 아버지 역할을 마무리 지을 때였다.

찻잔을 만지작거리던 기원이 진형을 보며 분명히 말했다.

"아무래도 나는, 이 결혼 찬성할 수 없습니다."

마치 밥상이라도 뒤엎은 듯 순식간에 엉망이 된 분위기 속에서 기원은 자리를 박차고 방을 나왔다. 밖으로 나와 빠른 걸음으로 정원을 가로지르는 기원의 뒤를 주은이 금방 따라붙었다. 기원은 자신이 방을 나가면 주은이 금방 따라 나올 거라고 짐작했다. 그녀와 따로 이야기를 나눌 필요가 있었다. 뒤에서 들리는 발소리를 듣고 기원이 멈춰 서자 주은이 기원의 등 뒤에 대고 따지듯 외쳤다.

"지금 뭐 하시는 거예요?"

돌아선 기원이 주은에게 단도직입적으로 말했다.

"주은 씨, 혹시 혼인 빙자 사기라는 말 들어보셨나요?"

"……네?"

"내 생각엔 아무래도 상대방이 주은 씨 돈을 노리는 거 같아요."

예상치 못한 기원의 말에 주은이 말문이 막힌 듯한 표정을 지었다. 그런 그녀의 상태는 개의치 않고 기원은 아까부터 마음에 걸렸던 점을 물었다.

"하나 묻고 싶은 게 있습니다. 런던에 구한 집의 보증금을 주은 씨 아버지가 빌려주기로 했다고요?"

"……네."

"아버님이 다른 속셈이 있는 분이라고 하시지 않으셨나요? 사돈한테 돈을 뜯어내려 한다고요. 그런 속셈이 있는 분이 도리어 돈을 빌려주신다고요?"

"네. 그런 속셈이 있으니까 돈을 빌려주시는 거예요. 먼저 돈을 줘서 믿음을 줘야 나중에 그 10배는 받아낼 수 있으니까."

"음……. 그랬군요. 그럼, 그게 얼마인가요?"

"……그건 갑자기 왜요?"

"내가 먼저 물었습니다."

기원이 엄한 아버지처럼 묻자 주은이 마지못해 답했다.

"2억이요."

"2억. 그 2억은 어떻게 지불하기로 했나요?"

"저희가 결혼을 앞두고 새로 만든 통장이 있어요. 결혼에 필요한 모든 자금은 그 통장에 넣어 함께 관리해요. 그 통장에 넣어서 해외로 이체하기로 했어요."

"그럼, 진형 군도 그 통장에 있는 돈을 뺄 수 있는 권한이 있겠네요?"

"당연히, 아!"

주은이 기원이 무슨 말을 하려는지 알겠다는 듯한 표

정을 지었다.

"혹시 그 집 계약서 본 적은 있어요?"

"……."

기원의 질문에 주은은 아무 대답도 하지 못했다.

그때 막 진형과 동환이 밖으로 나왔다. 심각한 표정으로 대화하는 기원과 주은을 본 진형은 함부로 둘 사이에 끼어들지 못하고 정원 한쪽에서 눈치를 보며 발만 굴렀다.

기원이 동환을 보며 말했다.

"저기 저 아버지라는 남자도 나랑 똑같은 역할 대행이에요."

주은이 아까보다 더 큰 충격을 받은 듯 입을 크게 벌렸다.

"보통 사람들이 대행을 구하는 목적은 두 가지예요. 주은 씨처럼 상황이 곤란하거나, 그게 아니면 상대방을 어떤 이유로 속여야만 하거나."

가까스로 정신을 차린 주은이 겨우 반문했다.

"……오빠도 저처럼 상황이 곤란해서 그럴 수도 있잖아요……."

"네. 상대방 역할 대행도 그렇게 말하더군요. 진형 군은 주은 씨랑 결혼하고 싶은데 부모가 반대해서 역할 대행을 구했다고. 안 그래도 부담스러워하는 주은 씨 마음 더 불편하게 하고 싶지 않다고요. 저도 처음에는 그런가 싶었어요. 어쨌든 남자도 결혼하고 싶어서 대행을 썼구나. 내 딸을 생각하는구나."

기원은 순간 자신이 뱉은 호칭에 놀랐다. 주은을 내 딸이라고 표현했다. 지금 이 순간 자신이 역할에 완전히 몰입하고 있다는 증거였다. 기원이 사랑하는 딸을 설득하기 위해 말을 이었다.

"그런데 이상한 점이 있어요."

"뭔데요?"

"저 남자, 요트 사업 같은 건 모르는 남자예요."

"……네?"

"아까 들었죠? 제가 수영만에서 요트 빌려달라고 한 거요. 지금 수영만 요트 선착장은 대규모 증축으로 한창 공사 중이라 영업을 하지 않은 지 한 달이 넘어가요. 예정 상 앞으로도 한 달은 더 공사가 진행될 예정이고요. 그런데 내가 다음 주에 그곳을 이용하고 싶다고 하니까 잘 모시겠다고 했죠? 요트 사업을 하는 사람이 우리나라에서 가장 큰 규모의 사업장에서 공사를 하는지 안 하는지 모를 수도 있나요?"

속았다는 생각에 기가 찬 표정을 짓던 주은이 이번엔 기원을 의심스러운 눈빛으로 바라보며 물었다.

"⋯⋯선생님은, 그런 건 대체 어떻게 아세요?"

"당연하죠. 내 딸을 데려갈 남자가 생전 처음 들어보는 요트 사업을 한다는데, 딸 바보 아빠라면 인터넷에 검색이라도 한번 해보지 않았겠어요? 그 정도는 아주 쉽게 나오는 정보예요."

기원이 이어 말했다.

"요트 사업이란 건 아마 어디서 주워들었겠죠. 찍은 사진들이야 정박한 요트 앞에서 아무렇게나 찍을 수 있는 사진들이고."

잠시 생각한 주은이 다시 반문했다.

"그렇지만, 상견례 자리를 제안한 건 오빠인데요. 거짓이라면 굳이 대행까지 써서 상견례 자리를 만들었겠어요?"

"봐요. 벌써 이렇게 주은 씨가 남자를 변호하고 있잖아요."

"……."

"이 자리를 만든 진짜 이유는 따로 있을 거예요. 2억을 주는 사람이 주은 씨가 아니라 결국 주은 씨 아버지니까 직접 만나 확실한 믿음을 주고 싶었겠죠. 자, 나는 이렇게 뒷배가 든든한 부모도 있고, 나도 이렇게 좋은 사윗감이니까 걱정하지 말고 2억을 내놔라. 뻔한 수법 아닌가요?"

기원의 말을 다 들은 주은이 한동안 그 자리에서 곰곰이 생각했다. 곧 생각이 정리된 듯 진형을 향해 발걸음을 떼던 주은이 문득 뒤돌아 기원을 향해 피식 웃으며 비꼬듯 말했다.

"아무리 그래도, 진짜 아버지도 아니고 대행이시면서 이렇게까지 하세요?"

"그게 제 역할이니까요. 딸을 사랑하는 아버지라면 저런 의심스러운 남자가 내 딸을 달라는데 그대로 두겠습니까?"

"어쩐지……. 이상하더라니. 있는 척도 많이 하고. 돈도 너무 많이 주고."

함께 지하철역으로 가는 길에 기원으로부터 모든 이야기를 전해 들은 동환이 고개를 끄덕이며 말했다.

"그나저나 상견례는 안 되겠어요. 저는 아이가 지금 고등학생이라서 그런가? 몰입이 잘 안 되네요. 참, 선생님은 자제분이 어떻게 되세요?"

"저는 자식이 없어요. 결혼도 안 했습니다."

"근데 어떻게 그렇게 자연스러우세요?"

"글쎄요. 어차피 사람은 자기 생각대로 사니까요."

미소를 지은 기원이 놀란 표정을 짓는 동환의 시계를 가리키며 말했다.

"그 시계, 회사에서 빌리신 거죠?"

"네."

"그거 제가 반납할게요. 저녁에 상견례가 하나 더 있어서요. 그렇지 않아도 회사에 들러서 시계를 차고 갈까 싶었는데 이렇게 만났으니 잘됐네요."

기원이 건네받은 시계를 유심히 살펴보는 사이 동환이 말했다.

"아무튼, 여자 입장에서는 배신감이 크겠네요. 런던 가서 살 생각에 집도 알아보고 설렜을 텐데요."

기원은 그의 말이 어쩐지 꺼림칙하게 들렸다.

"집을 알아봐요?"

"네. 남자 말로는 여자가 먼저 런던에 가서 살자고 했다더군요. 집도 여자가 구했다고. 그 알아봤다는 집도 20억이 넘는대요."

곧 지하철역에 도착해 동환과 헤어진 기원은 다음 장소로 가는 전동차 안에서 내내 상황을 되짚어보았다. 헤어지기 직전, 평소와는 백팔십도 다른 모습으로 진형에게 불같이 화를 내던 주은의 얼굴이 떠올랐다. 기원은 마치 다른 사람이 된 듯한 주은의 그 얼굴을 떠올리며 그녀가 지금까지 했던 말들을 하나하나 곱씹어보았다.

'……저 이 사람 정말 놓치고 싶지 않거든요. ……먼저 돈을 줘서 믿음을 줘야 나중에 그 10배는 받아낼 수 있으니까……. ……잔금은 오빠가 넣기로…….'

기원은 그제야 깨달았다. 둘의 목적은 역시 똑같았다. 자신이 너무 딸 바보 역할에 빠진 탓에, 내 딸이라는 이유로 주은은 의심할 생각도 하지 않았다. 어쩌면 가장 의심스러웠는데도 말이다. 기원은 다시 한번 사람이 얼마나 자신이 맡은 역할대로 세상을 바라보는지 깨달았다.

'그렇다면 결과적으로 역할 대행을 잘못 수행한 걸까?'

기원은 생각했다.

'2억을 입금해 신뢰를 쌓은 주은은 이후에 그 10배를 받아내려 한 모양이지만 그 계획은 당연히 실패할 수밖에 없다. 진형이 그 2억을 가지고 도망쳤을 테니까. 결과적으로 사기당할 뻔한 딸을 구해냈다. 역시, 나는 아버지 역할을 충실히 해냈다.'

생각을 정리한 기원은 지하철역을 나와 약속 장소로 향하며 다음 상견례에서 맡을 역할에 집중했다. 그는 사전 만남에서 의뢰인인 남성에게 들었던 말들을 환기했다.

"상대방 부모가 졸부예요……. 그 집 큰딸이 아직 결혼을 못 해서……. 우리 집안은 호텔 사업을 한다는 설정으로……. 일만 잘되면 제가 따로 더 드릴 테니까……."

한마디로 상대 부모를 뜯어먹는 역할이다.

기원은 생각했다. 아무려면 어떤가. 그게 내 역할인데.

상견례 장소는 서초에 위치한 고급 호텔 레스토랑이었다. 기원은 그곳의 인테리어가 마음에 들었다.

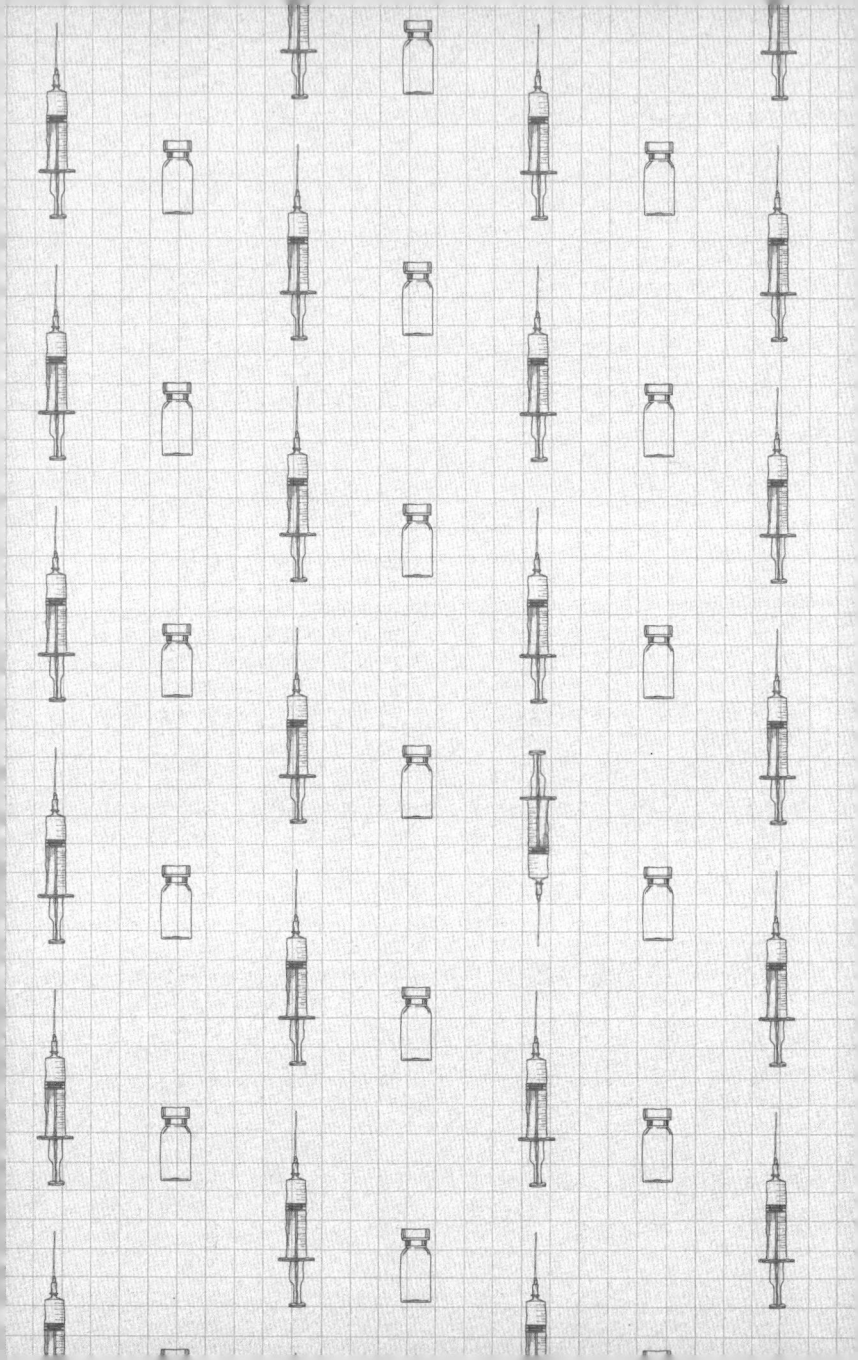

제주도에 가고 싶어.

만약, 우리가 백신을 개발해서 이 사태가 진정되면 가장 먼저 뭘 하고 싶냐는 유 선임의 질문에 내가 답했습니다.

실은 거의 갈 뻔했습니다. 예순이 다 되도록 제대로 된 여행 한번 못 가본 아비가 답답했는지 딸애가 내 생일날 제주도에 가자고 했습니다. 언젠가 한 번쯤은 꼭 가고 싶었던 곳이라 나도 마다하지 않았습니다. 밤새 스마트폰으로 함덕 해변의 사진들을 찾아보며 아이처럼 들떠 밤잠도 설쳤습니다. 딸애와 함께 가는 여행이라 더 설렜을 겁니다.

노란빛이 도는 색안경으로 멋도 내고, 실한 한라봉이

그려진 셔츠도 미리 사 입고, 심지어 공항에 도착해 티켓까지 끊었지만, 결국 가지 못했습니다. 막 비행기에 오르려던 찰나 나와 딸애의 핸드폰이 동시에 울렸습니다. 둘 다 소속된 기관으로부터 온 호출이었습니다. 나는 질병본부에서, 딸은 소방 본부에서.

김 수석님. 그동안 참 열심히 사셨네요.

어쩌면 이 나이 먹도록 제주도 한번 못 가봤냐는 쉬운 말부터 나올 법한데, 속 깊은 유 선임은 내 말에 의미를 부여하며 나를 위로했습니다. 오랜 세월 홀로 따님 키우시느라 그랬다. 평생 연구하고 공부만 하시느라 그랬다.

착하고 예의 바른 친구입니다. 나는 예전부터 그가 마음에 들었습니다. 딸에게 소개해주고 싶을 정도로요. 언젠가 유 선임의 사진을 보여주며 딸아이에게 그의 칭찬을 한참 늘어놓은 적이 있습니다. 무슨 일이든 팔 걷어붙이고 나서는 편이지만 연애 사업만큼은 늘 몸을 움츠리던 딸아이도 웬일로 호감이 생기는지 딱히 거절하지 않았습니다. 둘은 잘 어울리는 선남선녀였습니다. 갑작스레 어지러워진 세상 탓에 더는 주선할 수 없었지만요.

여전히 날 위로하며 실험 기구를 정리하는 유 선임의

얼굴을 살폈습니다. 지속된 밤샘 연구와 부실한 식사 때문에 눈 밑이 거무스름하고 양 볼이 쏙 들어갔습니다. 나는 가까이 다가가 그의 손을 살그머니 감싸 쥐었습니다. 눈치 빠른 그가 내 눈빛을 읽더니 잠깐만 쉬고 오겠다며 연구실을 빠져나갔습니다.

연구실에 홀로 남은 나는 전날 새로운 성분을 주입한 항원 위에 지시약을 떨어트렸습니다. 이제 이 투명한 액체가 제발, 제발, 제발, 푸른색으로 변하기만 하면 됩니다. 이 단계에서의 실패만 수백 번째입니다. 우리뿐만이 아닙니다. 전 세계가 마찬가지입니다. 창백한 낯빛으로 사람을 물어뜯는 좀비라 불리는 것들이 처음 나타난 이후 전 세계는 너 나 할 것 없이 백신 개발을 시작했지만 인류는 모두 같은 단계에서 좌절했습니다. 항원을 사람 몸에 주입하려면 그 독성을 죽이거나 약화해야 하는데 좀비 바이러스의 항원은 알 수 없는 이유로 독성을 제거할 수 없어 그 누구도 백신을 개발하지 못하고 있습니다. 정부 소속 감염병 연구센터의 수석 연구원인 나 역시 마찬가지입니다. 방금 내가 떨어트린 지시약에 항원이 푸른색으로 반응한다면 그 독성이 제거되었다는 것을 뜻하지만, 1년

동안 이 투명한 용액의 색은 단 한 번도 변한 적이 없습니다. 그러는 동안 세상은 핏빛이 됐습니다.

시간이 갈수록 절망에 휩싸였습니다. 포기하고 싶은 마음이 수천 번 들었습니다. 그럴 때마다 이 악물고 마음을 다잡았습니다. 나는 반드시 백신을 개발할 거라고. 인류는 결국 이 위기를 극복할 거라고.

생각해보면 그렇습니다. 이 땅에 인류가 출현한 이래로 위기는 늘 있었습니다. 유럽을 휩쓴 흑사병, 전 세계가 공멸할 뻔한 세계대전 등. 그럴 때마다 인류는 닥친 위기를 결국은 극복해냈습니다. 이번에도 마찬가지입니다. 힘든 상황이지만, 인류는 지금 이 위기도 결국은 헤쳐 나갈 것입니다.

나는 샘플의 반응을 기다리며 창밖을 내려보았습니다. 건물 바깥에는 창백한 낯빛의 괴물들이 빼곡했습니다. 공항에서 호출을 받고 바로 연구소로 복귀한 이후 집에 한 번도 들어가지 못한 이유가 꼭 백신 개발에 대한 강한 의지 때문만은 아니었습니다. 연구소 밖으로 나가는 건 위험했습니다. 이제 밖에는 열 중 아홉이 좀비입니다.

쾅!!

어디선가 굉음이 들렸습니다. 반사적으로 소리가 나는 곳을 향해 고개를 돌린 나는 소리의 정체를 확인하기 위해 밖으로 나가려다가 발걸음을 우뚝 멈추었습니다. 방금 내가 지나친 연구실 책상 위에 지금껏 보지 못한 색이 하나 섞여 있었습니다.

고개를 서서히 돌려 시선을 멈춘 책상 위에는 맑은 가을 하늘처럼 선명한, 아름답고 영롱한 푸른색 용액이 있었습니다.

아! 아아!! 아아아아!! 됐다!! 됐다!! 드디어! 드디어! 드디어 내가 백신을 개발했다!!

애써 흥분을 추스른 나는 주사기를 이용해 그 푸른색 용액을 작은 바이알 병에 옮겨 담고 눈앞에 들어 보았습니다. 역시! 역시! 역시 이번에도 답은 있었습니다! 이제 이 100밀리도 안 되는 푸른색 용액으로 인류는 이 위기를 극복할 겁니다!

쾅! 쾅! 쾅!

그때 밖에서 누군가가 연구실 철문을 거칠게 두들겼습니다. 문을 열자 건물 보안을 책임지는 박 과장이 사색이 된 얼굴로 서 있었습니다.

"뚫렸어요! 도망쳐요!"

내가 그 말의 의미를 채 해석하기도 전에 어디선가 와락 달려든 창백한 괴물이 박 과장의 목을 아작 물었습니다. 그대로 엉덩방아를 찧은 나는 눈앞에 펼쳐지는 그 충격적인 장면을 한동안 바라만 보다가 간신히 정신을 차렸습니다. 백신이 담긴 바이알 병을 바지 주머니 안에 쑤셔 넣고 그대로 밖으로 도망치려던 나는 머리를 스치는 한 가지 생각에 그 자리에 우뚝 멈춰 섰습니다.

'내가 방금 개발한 백신의 존재를 아는 사람은 현재 나밖에 없다. 그런 내가 만약 죽거나 좀비라도 된다면 이 위기에서 인류를 구할 백신의 존재는 영원히 아무도 모르게 된다.'

필통을 거칠게 뒤집어엎은 나는 그중 두꺼운 매직펜을 찾아 손에 움켜쥐고 연구실 한쪽 벽에 '백신 완성!'이라고 크게 휘갈겼습니다. 그 문구의 끝에서 출발해 초저온 냉동고까지 가는 긴 화살표를 그린 나는 화살표가 가리키는 투명 냉동고 안에 그 작고 푸른 병을 넣었습니다.

그 모든 작업을 급히 마치고 뒤로 돌자 박 과장은 이미 그의 목을 문 것과 똑같은 존재로 변해 있었습니다. 서넛의 좀비들도 문 앞을 지키고 있었습니다. 임상 시험을 해야 할 때였습니다. 나는 옮겨 담느라 백신 용액이 일부 남은 주사기의 바늘을 내 상완에 그대로 꽂았습니다. 이어 달려드는 좀비들을 가까스로 피해 연구실을 빠져나와 복도를 내달렸습니다. 하지만 얼마 가지 못했습니다. 사방에서 튀어나온 놈들이 나를 둥글게 둘러쌌고, 그중 하나가 내 목을 덜컥 물었습니다.

'아, 나도 결국 좀비가……. 아, 아니, 아니다! 어쩌면 모른다. 그래. 아마 나는 감염되지 않을 거다. 나는 방금 내 몸에 항원을 주입했다. 내가 개발한 백신엔 면역 체계를 획기적으로 빨리 구축하는 첨가제를 넣었기 때문에 바이러스의 항체가 신속하게……'

끼이—익.

아, 내 목이 기이하게 돌아갔습니다.

―◼―

나는 생각합니다. 고로 완전한 좀비는 아닙니다.

처음에는 다른 좀비도 나와 같은 줄 알았습니다. 하지

만 며칠 동안 그들 사이에 섞여 지켜본 결과 그들은 생각할 줄 모릅니다. 생각하는 능력이 없습니다. 건물 밖에서 큰 소리가 나면 사납게 창문 밖으로 몸을 던져 그대로 불구가 되거나, 사람을 쫓는 길에 불길이 넘실거려도 그대로 통과하다가 온몸이 불탑니다. 좀비에게 물린 이후 오감이 극도로 예민해진 나 역시 건물 밖에서 큰 소리가 나거나 사람이 눈에 보이면 심장이 격하게 뛰면서 절로 흥분되지만, 창문 밖을 내려보기만 하거나 불길이 보이면 위험한 줄 알고 멈춥니다.

왜 나만 좀비가 됐으면서도 생각을 할 수 있게 됐을까요?

내가 만든 백신은 독자적으로 개발한 새로운 첨가제를 사용했습니다. 덕분에 백신을 주입하면 5분 안에 면역체계가 활성화될 정도로 효과가 빠르지만, 나는 빨라도 너무 빨리 물렸습니다. 몸의 면역 체계가 채 완성되지 못했을 겁니다. 하지만 뇌의 일부, 특히 내가 지금 생각할 수 있는 걸로 미루어 볼 때 적어도 전두엽만큼은 감염되지 않았음이 분명합니다.

육체는 좀비지만 정신은 여전히 인간인 존재. 이런 나

를 뭐라고 불러야 할까요? 반은 인간이고 반은 좀비니까, 반좀? 발을 가렵게 만드는 성가신 피부병처럼 들립니다. 그럼, 반비? 오랫동안 변이 나오지 않는 몸 상태를 떠올리게 해 마음에 들지 않습니다. 무좀이든 변비든 지금 그게 중요한 게 아니긴 합니다.

중요한 건 단 하나입니다. 나는 사람들에게 알려야 합니다. 여기 백신이 있다고.

인류에게 백신의 존재를 알리는 데 그나마 좋은 소식과 치명적으로 나쁜 소식이 있습니다.

그나마 좋은 소식은 유 선임이 아직 살아 있다는 겁니다. 휴게실에서 쉬던 그는 소란이 일어나자 복도 끝에 있는 탕비실로 달려가 숨었습니다. 그건 내가 좀비가 된 이후 처음 목격한 광경이었습니다.

치명적으로 나쁜 소식은 사람들에게 백신이 있다고 알려야 할 유일한 존재인 내가 좀비가 되었다는 사실입니다. 아까도 말했듯이, 나는 단지 생각만 할 수 있을 뿐 모든 신체 능력이 좀비와 같습니다. 말도 못 하고 손도 마음대로 움직이지 못합니다. 내 뜻대로 할 수 있는 건 오직 하나뿐입니다. 원하는 방향으로 걸을 수는 있습니다. 속 터

질 만큼 느리긴 하지만요.

가끔 특정한 조건들이 발생하면, 그러니까 큰 소리를 듣는다거나 인간을 발견하면 몸에 절로 뜨끈한 기운이 돌면서 격하게 움직일 수 있지만, 그게 또 제어가 안 될 정도로 거칩니다. 한번은 그 기운을 이용해 글자를 써보려고 했지만 펜을 쥐자마자 그대로 부러트렸습니다.

그렇다고 아예 포기할 수는 없었습니다. 나는 건물 내에서 살아남은 인간들을 볼 때마다 조심스럽게 다가갔습니다. 내 연구실에 가면 백신이 있다고 텔레파시라도 보내려 했지만 나와 눈이 마주친 인간은 열이면 열 죄다 줄행랑을 쳤습니다. 내가 조심스럽게 다가가면 다가갈수록 그들은 더 빠르게 내달렸습니다.

그러던 어느 날, 연구소 내의 내 개인 사무실 안에 들어간 적이 있습니다. 공항에서 바로 달려온 터라 사무실 곳곳에는 떠나지 못한 여행의 흔적이 그대로 남아 있었습니다. 옷걸이에는 커다란 한라봉이 그려진 셔츠가 걸려 있었고, 셔츠 포켓엔 제주도행 티켓이 꽂혀 있었습니다. 노란 색안경도 책상 위에 덩그러니 놓여 있었습니다. 그것들을 보자 불현듯 한 가지 아이디어가 떠올랐습니다.

연구소가 뚫리기 직전, 유 선임은 내게 백신을 개발해서 이 사태가 진정되면 가장 먼저 뭘 하고 싶냐 물었습니다. 나는 제주도에 꼭 한번 가보고 싶다고 말했고요.

네. 바로 그겁니다. 좀비가 된 내가 한라봉이 그려진 셔츠를 입고 그의 앞에 나타난다면 눈치 빠른 그가 이상하게 생각하지 않을까요? 그 정도면 됩니다. 처음에는 그저 이상하게 생각하기만 하면 됩니다. 그의 머릿속엔 바뀐 내 옷차림이 계속 떠오를 테고, 우리가 나눈 마지막 대화를 떠올릴 테고, 그럼 결국 이상하다고 생각한 유 선임이 연구실 안을 한 번쯤은 확인해보지 않을까요? 유 선임이 아닌 그 누구라도 연구실 안에 들어가기만 한다면 내가 벽에 써놓은 문구를 따라 냉동고 안에 있는 백신을 발견하게 될 겁니다. 이 계획은 아마 성공할 겁니다. 아니, 반드시 성공합니다. 다소 딱 맞아떨어지는 방법은 아니지만 어차피 그보다 더 나은 아이디어도 없습니다.

이후, 나는 사무실 근처에 숨어 인간을 기다렸습니다. 인간이 눈에 띄어야 몸이 흥분 상태가 되어 거칠게나마 셔츠 구멍에 팔도 집어넣고 색안경도 낄 수 있기 때문입니다.

그렇게 사무실 근처에 잠복하며 기다리길 사흘째, 마침내 인간이 나타났습니다. 이름 모를 젊은 남자는 아마도 식량을 구하기 위해 숨어 있던 방에서 나온 듯했습니다. 그를 보자마자 몸에 뜨끈한 기운이 돌았습니다. 나는 그 기운을 이용해 사무실을 향해 무섭게 달렸습니다. 내가 자신을 쫓아오는 줄로만 알고 혼비백산해 도망치던 젊은 남자는 내 사무실 앞에 어슬렁거리던 다른 좀비들에게 잡혀 그대로 목을 물어뜯겼습니다. 미안한 마음도 잠시, 나는 문 앞에서 엉켜 구르는 그들을 제치고 사무실 안으로 뛰어 들어갔습니다.

우선 셔츠 포켓에 꽂힌 티켓부터 입에 물었습니다. 뚫린 구멍으로 팔을 마구잡이로 집어넣어 셔츠도 입었습니다. 문제는 색안경이었습니다. 나는 넘쳐흐르는 기운을 가까스로 조절하며 책상 위에 놓인 색안경을 어떻게든 잡아보려 했지만 손가락이 달달 떨려 도무지 제대로 잡기가 힘들었습니다. 어쩔 수 없이 다리가 펴진 채 책상에 떨어진 색안경 위로 머리를 세차게 들이박았습니다.

쾅! 쾅! 쾅! 쾅!

문 앞에서 남자의 목을 맹렬하게 물던 좀비들이 일제

히 동작을 멈추고 날 멀뚱히 쳐다보았습니다.

바뀐 내 스타일을 확인하기 위해 복도에 걸린 거울 앞에 섰습니다. 나는 렌즈가 깨진 색안경을 삐뚤게 쓰고, 옷깃의 반만 날이 선 셔츠를 입고 있었습니다. 불어터진 입에는 제주도행 티켓이 물려 있었습니다. 꼴이 얼마나 우스웠는지 하마터면 좀비 주제에 웃을 뻔했습니다.

나는 곧바로 탕비실로 향했습니다. 생각해보면 그렇습니다. 소란이 벌어졌을 때, 유 선임은 굳이 위험을 무릅쓰고 휴게실을 빠져나와 탕비실로 달려가 숨었습니다. 며칠이고 버티려면 우선 뭘 먹어야 하니까요. 그것만으로도 그가 얼마나 상황 판단이 빠르고 행동력이 뛰어난 친구인지 알 수 있습니다. 그런 그라면 이런 내 모습을 보고 아무 생각 없이 넘어가진 않을 겁니다. 생각에 생각이 꼬리를 물 테고, 그는 분명 위험을 무릅쓰고 다시 연구실에 들어갈 겁니다.

여전히 적응 안 되는, 그 속 터지게 느린 걸음으로 탕비실 앞에 거의 다다를 때쯤이었습니다. 언제 들어왔는지 탕비실 맞은편 방에 한 무리의 인간들이 숨어 있었습니다. 그중 하나가 문에 난 창을 통해 밖을 계속 지켜보았지만 누구인지는 알 수 없었습니다. 무엇보다 당시 나는 그들의 정체에 신경 쓸 새가 없었습니다.

겨우 탕비실 앞에 도착한 나는 몸으로 탕비실 문을 치며 유 선임을 불렀습니다. 거듭 반복된 거친 노크에 그가 문에 난 창 사이로 드디어 모습을 드러냈습니다. 나는 그가 내 우스운 꼴을 잘 볼 수 있도록 흔들리는 몸을 최대한 가누며 똑바로 서 있으려고 노력했습니다. 한동안 내 모습을 아래위로 훑어보던 그는 잠시 사라졌다가 다시 나타나 나를 관찰했습니다. 이후 그는 몇 차례 같은 행동을 반복했습니다. 그때 내가 확인할 수 있는 건 고작 그의 눈빛밖에 없었지만 나는 확신했습니다. 그가 내 마법에 걸려들었다고.

그날 저녁, 탕비실 문이 빵긋 열렸습니다. 문밖으로 고개를 내민 유 선임은 좌우를 둘러보며 복도에 좀비들이 있는지 확인했습니다. 나는 투명한 유리 벽으로 된 맞은편 실험실 안에서 그의 모습을 지켜보았습니다. 천천히 문밖으로 나온 유 선임과 눈이 마주친 나는 흥분하여 쉴 새 없이 흔들리는 턱을 최대한 가눠 연구실 쪽을 가리켰습니다.

'저기야! 저기! 연구실 안에 백신이 있어! 가보라고! 어서!'

한동안 내 처절한 몸짓을 지켜보던 유 선임이 마침내 연구실 쪽으로 발걸음을 옮겼습니다. 역시 똑똑한 친구입니다. 요즘 시대에 보기 드문 용감한 청년입니다. 이 사태가 끝나면 나는 어떻게든 내 딸을 소개해 그의 장인이 될 겁니다.

유 선임이 긴 복도의 중간쯤 갔을 때였습니다. 아까 보았던, 연구실 건너편 방에 숨어 있던 사람들이 갑자기 문을 열고 우르르 나오더니 순식간에 탕비실 안으로 들어가 문을 잠갔습니다. 그제야 나는 그들이 누구인지 알 수 있었습니다. 그들은 우리와 마찬가지로 좀비 바이러스 백신을 개발하던 최 수석과 그의 팀원들이었습니다.

대체 이게 무슨 일일까요? 순식간에 벌어진 일에 그 자리에 얼어붙은 유 선임도 영문을 모르겠다는 표정을 지었지만 놀라기에는 아직 일렀습니다. 뜬금없이 복도 중앙에 있던 무선 스피커에서 이름 모를 케이팝이 터져 나왔습니다. 복도를 시끄럽게 울리는 노랫소리에 각 방에 있던 휴면 상태의 좀비들이 복도로 뛰쳐나왔습니다. 사방에서 쏟아져 나오는 그들을 본 유 선임이 다시 탕비실로 도망쳤지만 아무리 탕비실 문을 세차게 두들겨도 닫힌 문은 열리지 않았습니다.

그들을 원망할 새도 없었습니다. 유 선임은 자신을 향해 달려드는 좀비들을 피해 다시 도망쳤습니다. ㄱ 자 복도를 꺾어 달린 유 선임은 그중 한 방에 숨었고, 그 장면을 목격한 몇몇 좀비들이 그를 따라 방 안으로 들어갔습니다. 곧 방에서 기물이 쏟아지고 싸우는 소리가 들렸습니다. 그러고 보니 우리 사위는 예전에 주짓수를 배웠다고 했습니다. 근래 먹는 게 신통치 않아 급격히 살이 빠져서 그렇지, 원래는 몸도 탄탄하고 힘도 센 건장한 청년입니다. 아마 호락호락하게 당하지는 않을 겁니다.

곧 소란이 그치고, 유 선임이 드디어 밖으로 모습을 드러냈습니다. 한동안 흐리멍덩한 눈빛으로 날 바라보던 그가 나처럼 절뚝거리며 걷기 시작했습니다.

나는 입에 물고 있던 비행기 티켓을 바닥에 뱉었습니다.

퉤.

탕비실 벽에 귀를 가져다 대자 벽에 닿는 소리의 파동이 생생히 느껴졌습니다. 좀비에게 물린 이후 확실히 오감이 예민해졌습니다.

"이 주임. 휴게실 블루투스 스피커 이용하는 아이디어는 아주 좋았어."

"⋯⋯수석님. 꼭 그렇게까지 해야 했을까요?"

"뭐?"

"겨우 한 명이었잖아요⋯⋯."

"너 지금까지 같이 살자고 폼 잡던 인간들 다 어떻게 됐는지 봤지? 지금 밖에서 다 저러고 돌아다니는 거야."

최 수석과 그의 팀원들은 3층에 있던 방에서 숨어 지내다가 식량을 찾아 위층으로 올라온 듯했습니다. 탕비실 안에 있는 식량을 호시탐탐 노리던 그들은 유 선임이 마침 밖으로 나오자 악독한 방법으로 식량을 독차지한 것입니다.

최 수석은 차기 센터장 후보 중 한 명이었습니다. 나도 그랬고요. 나야 그런 감투가 마뜩잖았지만 최 수석은 꽤 쓰고 싶어 하는 눈치였습니다. 어쩌다 센터에 장관이라도 방문하면 버선발로 뛰쳐나가 그 앞에 나서 얼굴을 비쳤고, 언론에서 다루는 센터 주관 행사라도 있으면 빠지지 않고 참여해 자신의 이름을 알렸습니다.

책임급 이상 연구원들의 투표로 결정되는 1차 센터장 후보자 선출을 앞두고는 연구소 내에 기묘한 소문이 퍼졌습니다. 당시 나와 같은 팀에서 연구하던, 내 딸뻘이던 미혼의 여주임과 내가 늦은 시각까지 연구실에 남아 밀회를 즐긴다는 소문이었습니다.

사실이기는 했습니다. 당시 그녀와 나는 밤이면 밤마다 연구실에 남아 아프리카에서 유행하던 신종 돼지 열병 바이러스를 연구했으니까요. 그녀나 나나 그 연구를 진심으로 즐겼습니다.

소문의 출처는 머지않아 밝혀졌습니다. 누군가가 내부망에 익명으로 글을 올렸습니다. 최 수석이 승진을 빌미로 협박을 해 어쩔 수 없이 자신이 센터 내에 거짓 소문을 퍼뜨렸다고. 나와 그녀에게 미안하다고.

그랬던 그때도 나는 최 수석을 미워하지 않았습니다. 너무나도 터무니없는 소문이라 헛웃음만 나왔습니다. 지금은 당장 죽여버리고 싶지만요.

 탕비실에 있던 식량이 다 떨어지자 최 수석과 그의 팀원들은 5층으로 올라갔습니다. 그다음엔 6층, 그다음엔 7층, 그들은 식량이 떨어질 때마다 층을 오르며 먹을거리를 찾았고 결국 건물의 가장 높은 층까지 올랐습니다.

 그러는 동안 최 수석은 좀비에게 물리진 않았지만 다른 괴물이 됐습니다. 식량을 나눠달라며 나타난 생존자들을 못 본 척했고, 생사고락을 같이한 이 주임을 좀비 떼 사이로 밀어 넣고 하나 남은 빵을 독차지했습니다.

 뒤틀린 얼굴로 삐뚤게 걷는 좀비보다 그가 더 추악했습니다. 그를 보고 있자면 인간이라는 종에 절로 회의가 느껴졌습니다. 하지만 어쩔 수 없습니다. 유 선임마저 좀비가 되어버린 지금 마지막 남은 등불은 그밖에 없습니다. 나는 어떻게든 그에게 백신을 개발했다는 소식을 전해야만 합니다. 그가 밉다고 인류의 희망을 저버릴 수는 없습니다.

 하지만 시간이 갈수록 최 수석은 점점 말라비틀어져 갔습니다. 어떻게든 그에게 백신의 존재를 알릴 방법을 찾던 나 역시 반쯤은 포기하고 있었습니다. 하루 종일 내 사무실에 들어가 책상 위에 있는 딸아이 사진만 보며 시간을 보냈습니다. 소방공무원인 딸아이는 사태 이후 곳곳에 출동해 위험에 처한 사람들을 도왔습니다. 가슴이 아리도록 딸애가 그리웠습니다. 나는 해맑게 웃는 딸아이를 보며 속으로 물었습니다. 아니, 빌었습니다.

우리 윤지. 잘 지내고 있지?

그렇게 모든 의욕을 잃고 그야말로 좀비처럼 지내던 어느 날이었습니다. 나는 최 수석이 식량을 찾기 위해 마구잡이로 뒤집어놓은 기자재실 안에 들어갔다가 새로운 희망을 발견했습니다. 최 수석이 방을 한껏 뒤집어놓은 탓에 위쪽 수납장에 있던 실험용 열 변색 물감들이 기자재실 바닥에 마구 흐트러져 있었습니다.

'아! 이거다! 바로 이거다! 이 물감을 바닥에 풀고 내 발을 붓 삼아서 글씨를 쓰자!'

발자국을 이용해 '백신 성공. 4층 연구실'이라고 쓴 후, 어떻게든 최 수석을 이곳으로 유인하기만 하면 됐습니다.

나는 오랜만에 설레는 마음으로 바닥에 떨어진 물감들을 하나둘씩 밟았습니다. 내 몸의 무게를 견디지 못하고 뻥뻥 터져 나와 바닥에 퍼지는 여러 빛깔의 색들이 참으로 아름다웠습니다.

 물감을 다 터트리고 이제 본격적으로 글씨를 쓰려고 했을 때쯤이었습니다. 최 수석이 너무 빨리 기자재실 안으로 들어왔습니다. 그는 좀비인 나를 발견하고 몰래 지나쳐 가려다가 내 얼굴이 아무래도 낯이 익었는지 다시 안을 들여다보다 나와 눈이 마주쳤습니다. 나는 몸에서 치솟는 뜨끈한 기운을 억누르며 그의 눈을 바라보았습니다. 그도 한동안 나를 주시했습니다. 아! 그가 눈치챈 걸까요? 내가 일반적인 좀비와는 다르다고 생각했을까요? 외형은 완벽한 좀비인 내가 자신을 보고도 공격하지 않는 게 아무래도 이상하다는 눈치였습니다.

 어쩌면 일이 조금 더 수월해질 수 있겠다고 생각한 그 순간이었습니다. 천천히 다가와 내 앞에 멈춰 선 그가 갑자기 이죽거렸습니다.

 "김 수석 이 새끼. 그렇게 혼자 잘난 척하더니."

 말이 끝나자마자 그가 들고 있던 골프채로 내 머리를 휘갈겼습니다.

 퍽! 퍽! 퍽!

 최 수석은 기괴한 안광을 내뿜으며 골프채를 마구 휘

둘렀습니다. 내 몸을 마구 두들겼습니다. 나는 본능에 몸을 내맡기고 당장이라도 그의 목을 물어뜯고 싶었지만, 그마저 좀비가 되면 인류의 마지막 희망이 사라진다는 생각에 이를 악물고 참았습니다.

그가 사정없이 휘두르는 골프채에 맞아 넘어지고 기던 나는 결국 방 한구석에 몰렸습니다. 그의 매질을 피하다 보니 입고 있던 셔츠가 찢기고 또 벗겨졌습니다. 기력이 떨어진 나는 게슴츠레한 눈으로 가쁜 숨만 몰아쉬었습니다. 내 앞에 서서 기묘한 웃음을 짓던 최 수석이 마지막 일격을 위해 골프채를 높게 쳐들었습니다.

그때였습니다. 복도 천장에 달린 스피커에서 지글거리는 잡음과 함께 사람 목소리가 흘러나왔습니다.

"여기는, 여기는 1층 관리실입니다. 혹시 지금 이 연구소에 생존해 계신 분 있습니까?"

어떤 여자의 목소리였습니다. 복도를 울리는 그녀의 음성에 여기저기 흩어져 있던 좀비들이 스피커가 달린 복도로 몰려들었습니다. 재빨리 복도의 동태를 살핀 최 수석은 아쉽다는 듯 날 한번 노려보더니 곧 자신이 점거한 방 안으로 서둘러 도망쳤습니다.

"생존해 계신 분이 있다면 신호를 보내주세요. 저희가 돕겠습니다."

나는 꺼져가는 정신을 겨우 유지하며 그녀의 목소리에 귀를 기울였습니다.

"이 방송을 들으시는 분 중에 혹시 4층 연구실 비밀번호를 아시는 분 있습니까? 문이 잠겨서 안에 들어가지는 못하고 문에 난 창 사이로 안을 들여다보았는데, 그 안에 백신이 있는 것 같습니다. 제 아버지의 이름은 김정호, 이 연구소 수석 연구원입니다. 아버지가 백신을 개발한 것 같습니다."

잠겨버린 4층 연구실에 들어가는 방법은 두 가지가 있습니다. 카드 키를 대거나, 비밀번호를 누르거나. 문을 부수는 방법도 있겠지만 철문이라 쉽지 않을뿐더러 사방에 깔린 좀비들에게 나 좀 물어달라고 외치는 바와 다름없습니다. 설사 들어간다 한들 한번 부숴버린 문은 다시 잠글 수도 없어 금세 좀비들에게 포위당할 겁니다.

두 개 있는 연구실 카드 키는 나와 유 선임이 가지고 있는데, 내 것은 잠긴 연구실 안에 있고 유 선임의 카드 키는 좀비가 되어버린 그의 목에 걸려 있습니다. 유 선임은 좀비가 된 이후 어디론가 사라져 그의 모습을 본 적이 없습니다.

결국 연구실 문을 열 방법은 단 하나뿐입니다. 비밀번호를 눌러야 합니다.

나는 딸아이의 방송을 듣고 당초의 계획을 수정했습니다. 최 수석이 아닌 딸아이에게 메시지를 보내기로요. 미쳐버린 최 수석보다는 내 딸에게 인류의 희망을 맡기는 것이 백 번 천 번 낫습니다.

내 계획은 이렇습니다. 딸은 지금 관리실에 있습니다. 그곳에서는 곳곳에 달린 카메라로 건물 여러 곳을 모니터할 수 있는데, 마침 기자재실이 있는 9층 중앙 복도에도 카메라가 달려 있습니다. 나는 그 카메라가 비추는 복도 바닥에 연구실 비밀번호를 쓸 계획입니다. 화질이 좋지 않아 나를 못 알아본다고 하더라도 바닥에 쓴 커다란 숫자만큼은 분명 눈에 띌 겁니다. 수상한 좀비가 바닥에 쓴 수상한 네 자리 숫자를 딸아이는 결코 그냥 넘기지 않을 겁니다. 그저 딱 한 번만, 쪽잠을 자고 일어난 딸이 9층 중앙 복도를 비추는 모니터를 딱 한 번 보기만 하면 됩니다.

나는 기자재실 바닥에 터트린 물감을 발에 가득 묻혀 중앙 복도로 향했습니다. 그런 다음 카메라가 비추고 있는 복도 바닥에 발로 숫자를 썼습니다. 아니, 썼다기보다는 그렸다는 표현이 더 적절할 겁니다. 나는 숫자의 선이 뚜렷하게 보이도록 한 획을 그을 때마다 수십 번 반복해 걸었습니다.

2148. 연구실 비밀번호는 2148입니다. 느린 발걸음으로 새벽 내내 쉬지 않고 걸어 마지막 숫자인 8만 남겨두고 있을 때였습니다. 건물 옥상에서 무언가를 요란하게 두들기는 소리가 들려왔습니다. 나는 복도에 달린 창문 사이로 ㄱ 자 건물의 옥상을 올려보았습니다. 옥상 난간 앞에는 어제보다 더 말라버린 최 수석이 서 있었습니다. 그가 날 때리던 골프채로 커다란 화이트보드를 두들기고 있었습니다.

"네. 보입니다. 옥상에 계시네요?"

딸아이가 그를 보았는지 방송으로 응답하자 최 수석

이 화이트보드에 무언가를 써서 내보였습니다.

[나는 이곳 수석 연구원 최윤건입니다. 당신은 누구십니까?]

이후 딸아이는 방송으로, 최 수석은 화이트보드에 글을 쓰며 소통했습니다.

"저는 서울 소방 김윤지입니다. 여기 저 말고 다른 대원도 함께 있습니다."

[혹시 식량이 있습니까?]

"네. 충분하지는 않지만 있습니다. 조금만 기다리시면 저희가 선생님 계신 옥상까지 올라가 돕겠습니다."

[김정호 수석이 백신을 개발했다고 하셨는데, 확실합니까?]

"네. 아버지를 찾으려고 4층 연구실에 올라갔다가 문에 난 창 사이로 안을 들여다보았더니 냉동고 안에 백신이 들어 있다는 표시가 있었습니다."

해골과도 같은 최 수석의 얼굴에 놀란 기색이 역력했습니다. 그 사이 딸아이가 조심스럽게 물었습니다.

"선생님, 혹시 저희 아버지가 어떻게 되셨는지 아실까요?"

딸애의 물음에 잠자코 있던 최 수석은 곧 화이트보드에 무언가를 짧게 써 보였습니다.

[죽었습니다.]

죽었다고? 내가?

충격을 받았는지 아무 말도 하지 못하는 딸아이에게 최 수석은 거짓말을 이어갔습니다.

[연구실 비밀번호는 0945입니다. 저를 돕는 것보다 우선 백신부터 확보해주세요.]

무슨 꿍꿍이일까요? 최 수석은 왜 내 딸에게 틀린 비밀번호를 알려줬을까요?

"……감사합니다. 그럼 당장 백신부터 확보한 뒤 곧 옥상으로 올라가겠습니다."

나는 그 어느 때보다 더 답답하게 느껴지는 몸을 이끌고 힘겹게 비상계단으로 향했습니다. 좀비가 된 내 몸은 계단을 오르는 것보다 내려가는 게 훨씬 힘듭니다. 계단을 오를 때는 난간에 기대 한 걸음씩 옮기면 되지만, 내려갈 때는 몸의 균형이 자꾸 앞으로 쏠려 한 칸 내려가려다가 굴러떨어지기 일쑤입니다.

시간이 얼마나 흘렀을까요? 몇 번이고 아래로 굴러떨

어진 내가 벽에 처박힌 몸을 추스르고 다시 겨우 일어섰을 때였습니다. 아래층에서 또 그 빌어먹을 케이팝이 들려왔습니다.

'제발!'

간신히 연구실이 있는 4층으로 내려온 나는 내 앞에 펼쳐진 광경을 보고 그 자리에 얼어붙었습니다. 내 딸아이가 좀비들에게 둘러싸여 있었습니다. 복도 중앙에 있던 딸아이와 동료 소방대원들은 몰려든 좀비들을 힘겹게 물리치고 있었습니다.

나는 딸아이를 둘러싼 좀비들 틈에 몸을 내던졌습니다. 그것들 사이에서 필사적으로 몸부림쳤습니다. 병신같이, 아비라고 할 수 있는 게 고작 그것밖에 없었습니다. 그러다 딸아이와 눈이 마주쳤습니다. 잠시간 우리가 서로 바라만 보고 있을 때 옆에서 달려든 좀비 하나가 기어코 딸아이의 어깨를 물었습니다.

나는 발악을 하며 뛰쳐나갔지만 딸아이의 동료가 내 뒤통수를 방망이로 후려쳤습니다. 나는 그대로 차가운 복도 바닥에 쓰러졌습니다. 그리고 갈수록 흐릿해지는 시야로 목격했습니다. 격렬한 저항 끝에 버티지 못한 딸아이와 동료들 위로 좀비 떼가 우르르 덮쳤습니다.

───━━━───

어느새 어두워진 복도는 언제 그렇게 소란스러웠냐는 듯이 고요했습니다. 차가운 복도 바닥에 쓰러져 있던 나는 힘겹게 몸을 일으켰습니다.

1층으로 내려가며 상황을 정리했습니다. 비록 처음부터 모든 걸 목격하지는 못했지만 어떤 일들이 벌어졌는지 충분히 짐작할 수 있었습니다. 최 수석은 내 딸아이에게 일부러 틀린 비밀번호를 알려줬습니다. 비밀번호를 눌러도 열리지 않는 연구실 문을 보며 딸아이와 동료들이 당황했을 때 최 수석은 또 그 개 같은 수법으로 좀비들을 유인했고 결국 내 딸을 좀비로 만들었습니다.

건물 밖으로 나가 1층 관리실 외벽에 있는 작은 창문 안을 들여다봤습니다. 예상대로였습니다. 그 안에서 최 수석은 독차지한 통조림을 게걸스럽게 퍼먹고 있었습니다. 당장이라도 창을 깨고 달려들고 싶은 마음을 겨우 억누르며 생각했습니다.

'겨우 식량을 독차지하기 위해 그런 걸까? 아니다. 아무리 저놈이 이성을 잃었다고 한들 자신을 이곳에서 구출해줄지도 모르는 사람들을 그런 이유만으로 죽일 리 없다. 그래. 역시 그거다. 이유는 단 하나다. 저놈은 백신을 개발한 남자가 되고 싶다.'

나와 유 선임이 좀비가 된 상황에 유일하게 백신의 존재를 알고 있는 딸아이와 동료들마저 제거하면 이제 누가 백신을 개발했는지는 아무도 모릅니다. 최 수석이라면 충분히 그 자리를 대신 꿰찰 수도 있습니다. 그는 영웅이 되려고 하는 겁니다.

나는 다시 건물 안으로 들어가 비상계단을 올랐습니다.

생각해보면, 최 수석이 지금껏 저지른 만행은 모두 특수한 상황에서 나왔습니다. 좀비가 가득한 세상에 살아남은, 공포와 두려움에 짓눌린 인간이라면 최 수석뿐만 아니라 그 누구라도, 어쩌면 나라도 그처럼 행동했을지 모릅니다. 그를 탓할 게 아닙니다. 인간이 그런 종입니다. 어쩔 수 없는 일입니다.

9층에 오른 나는 기자재실로 들어가 남은 물감들을 밟았습니다.

관리실에 있는 식량마저 다 먹어 치우고 나면 이제 이 건물 안에 더 먹을 것은 없습니다. 그렇다고 좀비가 빼곡한 건물 밖으로 대책 없이 나가지도 못합니다. 최 수석은 분명 자기 몸에 백신을 주사하기 위해서라도 내 연구실 안으로 들어갈 겁니다. 아마 문을 부숴서라도 들어갈 겁니다. 그렇게 되면 백신을 주사한다고 하더라도 면역 체계가 만들어질 새도 없이 금방 들이닥친 좀비들에게 물릴 겁니다. 그건…… 역시, 그건 안 됩니다.

나는 바닥에 터트린 물감을 발에 묻힌 후 중앙 복도로 향했습니다.

나는 채 완성하지 못했던 비밀번호의 마지막 숫자를 발로 그리기 시작했습니다. 딸애를 잃었다고 계속 쓰러져 있을 수만은 없었습니다. 인류는 새로운 시작을 해야만 하니까요.

2148. 비밀번호가 완성됐습니다.

나는 고개를 돌려 뚫어지게 응시했습니다. 카메라의 렌즈를, 아마 지금쯤 관리실에서 날 보고 있을 최 수석의 눈을.

여기 백신이 있다!

날이 밝았습니다. 지긋지긋한 그 케이팝이 또 들려왔습니다. 이번엔 소리가 건물 밖에서 났습니다. 창밖을 보니 언제 작업했는지 전기 연장선으로 연결한 블루투스 스피커를 야외 잔디밭에 내놓았습니다. 케이팝의 매력에 흠뻑 빠진 좀비들이 연구소 밖으로 하나둘 빠져나갔습니다. 때가 됐습니다. 그가 나타날 겁니다.

최 수석이 그 추한 몰골을 드러냈습니다. 나는 연구실 맞은편 방에 숨어 그의 행동을 몰래 지켜보았습니다. 4층 중앙 통로로 올라온 그는 좌우를 살핀 뒤 연구실 방향으로 조심스럽게 발걸음을 옮겼습니다. 이어 연구실 앞에 도착한 그가 내가 알려준 비밀번호를 하나씩 눌렀습니다.

2.1.4.8.

철컥.

마침내 연구실 문이 열렸습니다. 나는 그에게 달려들었습니다.

그르렁!

달려든 나를 보고 기겁한 그가 급히 문을 닫으려 했지만 한발 늦었습니다. 열린 문틈 사이로 몸을 날린 나는 그의 몸을 붙잡고 바닥에 함께 나뒹굴었습니다. 나는 그의 목덜미를 향해 달려들었습니다. 놈은 내가 물어야 합니다.

최 수석의 함정에 빠져 딸아이가 좀비에게 물리는 광경을 본 이후 나는 그제야 처음 의심했습니다.

'인류가 이 위기를 반드시 극복해야만 할까? 왜? 인류가 꼭 살아남아야만 할까?'

왜요? 하늘의 책에 적혀 있습니까? 세상을 창조한 신의 뜻이라도 됩니까? 그래야만 할 이유는 어디에도 없습니다. 그건 그저 한낱 인간인 나의 우스운 생각일 뿐이었습니다.

그렇습니다. 그간 나 역시 인간 특유의 오만함을 발휘했습니다. 위대한 인류는 이 위기를 극복해낼 거라고 멍청한 소리를 했습니다. 좀비가 되어서, 비로소 인류의 추악한 민낯을 똑바로 응시할 수 있었음에도 불구하고 말입니다.

사납게 달려드는 나를 피해 몸부림치던 최 수석이 겨

우 내 배를 발로 차 나를 밀쳐냈습니다. 한쪽 벽에 부닥쳐 쓰러진 나는 좀비가 되기 직전 내가 벽에 휘갈겼던 글자를 보았습니다. 이것 때문에 나는 놈에게 비밀번호를 알려줘서 연구실 문을 열게 했습니다. 나는 마구잡이로 벽에 몸을 부대껴 여기 백신이 있다고 쓴 글자를 지웠습니다. 그 누구도 백신의 존재를 몰라야 합니다. 이기적이고 악한 인간은 이제 멸종해야 합니다.

유독 좀비 바이러스 백신을 개발하기 어려웠던 건 다 이유가 있었습니다. 때가 된 겁니다. 인류가 비로소 다른 종으로 새롭게 태어날 때. 그렇습니다. 지금은 위기가 아닙니다. 모든 인류가 좀비가 되어 새롭게 도약할 기회입니다.

최 수석이 골프채를 마구잡이로 휘둘렀습니다. 솟구치는 몸의 기운을 굳이 제어하지 않는 나에게는 이제 그의 공격이 우습습니다. 나는 그의 몸뚱이를 마구 잡아 한쪽 벽에 내던졌습니다. 그가 그 자리에 그대로 널브러졌습니다.

본능을 억제하지 않자 이제 확연히 느껴집니다. 나는 인간의 더러운 피를 애타게 원합니다. 나의 송곳니를 그의 목에 처박고 싶습니다.

그때였습니다. 누군가가 내 뒤에서 내 몸을 둔기로 후려쳤습니다. 뒤돌아보자 낯익은 얼굴이 서 있었습니다. 어제 보았던 내 딸아이의 동료였습니다.

'⋯⋯모두 좀비가 되었을 텐데?'

곧 소방대원 둘이 더 연구실 안으로 뛰어 들어왔고, 그중 마지막으로 들어온 여자가 황급히 연구실 문을 잠그고는 고개를 돌려 나를 바라보았습니다.

⋯⋯윤지야?!

순간 머리를 스친 생각에 나는 고개를 번쩍 돌려 냉동고를 보았습니다. 안은 텅 비어 있었습니다. 그 안에 넣어두었던 작고 푸른 병이 보이지 않았습니다.

"아빠야! 우리 아빠!"

둔기를 든 대원을 말린 딸아이가 내 앞으로 천천히 다가왔습니다. 그르렁거리며 이빨을 드러내는 나를 겁내지 않고 내 앞에 마주 섰습니다. 그때 나는 딸아이의 목에 걸린 카드 키를 보았습니다.

나중에 알게 된 사실입니다. 최 수석이 알려준 틀린 비밀번호를 믿고 연구실이 있는 4층으로 오르던 딸아이는 중앙 계단에서 좀비가 된 유 선임과 맞닥뜨렸습니다. 득달같이 달려드는 유 선임으로부터 겨우 위기를 벗어난 딸아이는 언젠가 사진으로 보았던 그의 얼굴을 용케 알아보았습니다. 이어 딸아이는 유 선임의 목에 걸린 카드 키를 발견했고 처음부터 틀린 비밀번호가 아닌 얻어낸 카드 키로 연구실 문을 열었습니다. 딸아이와 동료들은 냉동고에서 백신을 꺼내 자신들의 몸에 바로 주사했고, 한발 늦게 도착한 최 수석은 그들이 연구실을 빠져나온 뒤에야 좀비들을 유인해 그들을 공격한 겁니다. 나와 달리 백신을 주사한 후 충분한 시간을 두었던 딸은 그사이 면역 체계를 완벽히 갖추었고, 좀비에게 수십 번을 물리고도 변하지 않은 것입니다.

딸아이는 동료들에게 공격성을 띠지 않는 내가 다른 좀비와는 어딘가 다르다고 말했습니다. 이어 내 소매를 걷어 올린 딸아이는 내 상완에 여전히 남아 있는 푸른 주사 자국을 보더니 자기 팔에 있는 주사 자국과 비교했습니다.

딸이 그렁그렁한 눈으로 내 눈을 바라보았습니다.

"아빠……. 안 본 사이 많이 달라지셨네."

아아, 고맙다! 정말 고맙다! 윤지야!

"어쩐지 이상하더라니."

바닥에 주저앉아 있던 최 수석이 딸과 나 사이로 끼어들며 말했습니다. 어쩌면 내 희뿌연 눈에서 눈물이 날 뻔도 했는데, 눈치도 없는 인간입니다.

"우리 김 수석이 큰일을 했네! 대단한 발견을 했다고!"

겁도 없이 나를 끌어안은 그가 내 귀에 대고 한마디를 더 속삭였습니다.

"근데 어쩌나? 괴물이 됐네?"

다시 나를 바라본 그가 씩 웃고 있었습니다.

웃어?

앙!

나는 최 수석의 목을 버럭 깨물었습니다. 명색이 나도 좀비인데 한 번은 물어봐야지요.

―◻―

제주도의 향긋한 바다 내음이 내 몸을 감쌌습니다. 촉각이 발달한 탓에 바닷바람이 내 피부에 닿을 때마다 말로 표현할 수 없을 만큼 황홀합니다.

내가 개발한 백신이 인류에게 보급된 지 1년여가 다 되어갑니다. 인류는 서서히 세를 늘리며 뭉쳤고 좀비와의 전쟁에서 마침내 우위를 점했습니다. 빼앗긴 광장을 되찾았고, 불타버린 건물을 다시 세웠습니다.

인간들은 좀비를 가급적 생포했습니다. 머리에 총알을 박는 것보다 더 많은 수고가 들었지만 인류는 희망을 버리지 않았습니다. 내가 백신을 개발한 것처럼, 이미 좀비가 된 자를 인간으로 되돌리는 치료제도 개발할 수 있을 거라는 희망 말입니다.

그래서 나는 여기 제주도에 있습니다. 이 나라에서 생포된 좀비들은 모두 이 섬의 일부 지역에서 지내게 됩니다.

나는 지금 그 특유의 느릿한 발걸음으로 함덕 해변을 거닙니다. 딸이 사준 꽃무늬 셔츠를 입고 푸른 색안경도 꼈습니다. 여전히 다른 사람을 돕느라 바쁜 딸아이는 내 곁에 없지만 대신 우리 사위가 내 옆에 있습니다. 그 의도야 어찌 됐든, 어떻게 알고 위험에 빠진 딸아이 앞에 그렇게 극적으로 나타났는지 유 선임에게 참으로 고맙습니다.

그가 날 보며 이렇게 말하는 듯합니다.

'수석님. 햇살이 참 따듯하네요.'

'그렇지? 아 참, 최 수석은 어때?'

뒤를 돌아보자 멍하니 바다를 바라보는 최 수석이 보입니다. 내가 보기에 그는 좀비가 된 지금이 훨씬 더 편안해 보입니다.

글쎄요. 모르겠습니다. 아직도 인류가 좀비보다 더 우월한지 어떤지는 말입니다. 인류가 이 위기를 극복해야 한다고 믿었던 것과 마찬가지로 인류가 멸종해야 한다고 믿었던 것도 그저 내 생각일 뿐이겠죠. 그러다 연구실에서 내 딸을 다시 마주한 순간 내 멱살을 잡고 나를 뒤흔들던 그 모든 생각들이 무의미해졌습니다. 그저 내 앞에 있는 딸아이와 벅차오르는 감정만으로 충분했습니다. 그 외의 모든 것들은 전부 쓸모없는 것들이었습니다.

나는 지금 좀비지만 충분히 살아 있다고 느낍니다. 전보다 예민해진 감각 탓에 오히려 더 생생히 살아갑니다. 불어오는 바닷바람을 온몸으로 느낍니다. 이제 알게 됐습니다. 삶은 그것만으로 충분하다고요.

역제안

운동화 안까지 파고든 냉기에 발가락이 얼어붙었다. 운전석에 앉은 영종이 자세를 고치며 굳은 몸을 깨웠다. 곁눈질로 사이드미러를 확인했지만 누런 가로등 불빛을 받은 텅 빈 골목만 보였다. 빨리 좀 나타났으면. 늘 이 일이 적성에 맞다고 생각해온 영종이지만 누추한 냉기가 감도는 좁은 차 안에서 엉덩이가 뻐근할 정도로 오래 잠복하는 상황만큼은 여전히 피하고 싶은 일이었다.

"얼마나 됐지?"

옆 좌석에 앉아 있던 성 실장이 오랜 침묵을 깨고 물었다. 눈을 붙인 줄 알았는데.

"지금이, 9시간 정도 됐습니다."

"아니. 너 이 일 한 지 얼마나 됐냐고."

"아, 1년 정도 됐습니다."

"어때? 적성에 맞아?"

"네. 뭐, 그럭저럭."

"내가 볼 때는 아닌 거 같은데."

그제야 좌석에 깊게 파묻었던 몸을 일으킨 성 실장이 컵 홀더에서 차게 식은 아메리카노를 꺼내 한 모금 마셨다. 옆으로 고개를 돌린 영종은 다소 과한 그녀의 아이섀도에 다시 한번 눈을 빼앗겼다.

"쫑이 빠릿빠릿하고 겁도 없긴 한데, 일을 너무 거저먹으려고 해."

쫑은 영종의 애칭이다. 센터 사람들 모두 영종이라는 이름의 마지막 글자인 '종'만 따서 막내를 제멋대로 불렀다. 영종은 그 애칭이 마음에 들지 않았지만 별수 없었다.

"제가 아직 일한 지 1년밖에 안 돼서요. 조금 더 하다 보면 나아지지 않을까요?"

"그런 건 오래 한다고 생기는 게 아니고 타고나는 거라."

평소라면 속으로 '잘난 체하네!'라며 무시했겠지만 영종은 이번만큼은 절로 귀를 기울였다. 요 며칠 그녀의 남다른 능력을 자신의 두 눈으로 똑똑히 보았기 때문이다.

성 실장이 영종의 얼굴을 보며 말을 이었다.

"연예계 쪽 일을 해보는 건 어때? 쫑은 아직 나이도 젊잖아. 모델이나 영화배우나. 이런 이야기 많이 들었지?"

그건 그랬다. 영종은 세련되고 귀티 나는 외모 때문에 배우를 해보는 게 어떠냐는 말을 전부터 여러 번 들었다. 실제로 길거리에서 유명 연예 기획사 대표에게 명함을 받은 적도 있다. 영종은 스포트라이트를 받으며 사람들 앞에 나서는 자신의 모습을 떠올렸다가 금방 고개를 가로저었다. 어두컴컴한 골목에 숨어 대상자의 그림자를 밟는 일이 훨씬 더 가슴 뛰었다.

"저는 이 일이 재미있어서요."

"재미있다고 할 수 있는 일이 아니라니까."

"저 나름 일 잘한다고 실장님들이 서로 데리고 가려고 해요."

"기본이 안 되어 있는데 무슨."

성 실장이 거듭 자신을 무시하자 영종이 참지 못하고 따져 물었다.

"성 실장님. 제가 무슨 기본이 그렇게 부족합니까?"

"나랑 잠깐 이야기한다고 지금 대상자가 밖으로 나왔

는지도 모르잖아."

순간 정신이 번쩍 든 영종이 사이드미러를 향해 고개를 휙 돌렸다. 대상자인 젊은 여성이 막 자신의 하얀 경차에 올라타는 중이었다. 서둘러 시동을 건 영종이 대상자의 차를 부랴부랴 쫓았다. 성 실장이 그런 영종의 모습을 재미있다는 듯 구경했다. 그녀의 새빨간 입꼬리가 슬쩍 위로 올라갔다.

좁고 어두운 골목을 벗어난 대상자의 차가 환한 대로로 나섰다. 그 뒤를 놓칠세라, 영종이 액셀을 조급하게 밟았다. 이번에야말로 증거를 잡을 수 있는 절호의 기회다.

지금으로부터 한 달 전. 한 30대 여성이 심부름센터에 찾아왔다. 그녀는 자신의 남편이 바람을 피우는 증거를 잡아달라고 의뢰했다. 남편이 근래 활력이 넘치고 생기가 도는 게 수상하다고.

하루에도 수십 번 받는 뻔한 의뢰였지만 한 가지 특별한 점이 있었다. 의뢰인이 그 이름도 유명한 서광 그룹의 후계자, 이지연이었다.

호텔, 외식 사업으로 세를 넓힌 서광 그룹은 일가 구성원들의 기행으로 악명을 떨쳤다. 창업자인 이 회장은 조

직폭력배 출신으로 유명했고, 그의 아들인 이 사장도 상상을 초월하는 갑질로 여러 차례 구설에 올랐다. 남다른 인성 교육이라도 받는 걸까? 그 3세들도 마찬가지였다. 어린 시절부터 마약, 음주 운전 등의 비행으로 하루가 멀다 하고 매스컴에 이름을 올렸다. 마치 가족 구성원들끼리 누가 더 욕을 많이 먹나 서로 경쟁하는 모양새였다. 그런 서광가에서 유일하게 아무런 루머 없이 조용히 살던 인물이 바로 장손 이지연이다. 이제 보니 그런 이지연에게도 말 못 할 사정이 있었던 것이다.

영종은 처음엔 평소에도 주로 함께 움직이던 최 실장과 이 일을 맡았다. 둘은 먼저 대상자인 남편 박경민의 스마트폰에 몰래 스파이웨어부터 설치했다. 하나 박경민은 숨겨둔 세컨드 폰으로만 내연녀와 연락하는지 며칠이 지나도 아무런 증거를 잡을 수 없었다. 이후 둘은 작은 실마리라도 잡기 위해 밤낮으로 박경민의 뒤를 밟았다. 아니나 다를까, 그는 무척이나 수상했다. 서광 그룹의 계열사 상무직을 맡고 있는 그는 회사에 있다가도 어디론가 불쑥 외출했는데 그럴 때마다 늘 용의주도하게 움직였다. 자신의 차 뒤에 어떤 차도 따라붙지 못하도록 예측 불허로 운전했다. 신호체계를 절묘하게 이용해 미행을 따돌렸다. 위험을 무릅쓰고 그의 차에 지피에스를 달았더니, 이번엔 마치 다 알고 있다는 듯이 택시나 지하철로 이동했다. 늘 예상치 못한 곳에 내리거나 절묘하게 환승했다. 갑자기 재빠른 걸음으로 걷거나 인파 속으로 파고들었다. 마치 늘 누군가가 자신을 미행할 거라 가정하고 행동하는 듯 보였다. 영종 쪽도 대상자에게 정체를 들키면 안 되었기 때문에 적당한 선을 지켜가며 박경민의 불륜 현장을 잡아내기는 쉽지 않았다.

이지연은 이전에도 다른 업체에 일을 의뢰한 적이 있지만 실패했다고 한다. 그 업체에서는 어쩌다 박경민이 통화하는 내용을 들어 내연녀의 이름이 '은하'라는 것 정도만 겨우 알아냈다고 했다. 영종이 처음 그 이야기를 전해 들었을 때는 웬 초짜들한테 일을 맡겨서 그렇게 됐나 싶었지만 그게 아니었다. 정작 자신은 이름은커녕 아무것도 알아내지 못하고 있었다.

영종과 최 실장이 그때쯤 이른바 허탕 듀오로 불리며 보름 가까이 증거를 잡지 못하자 센터에서는 담당자를 일부 교체했다. 그렇게 해서 바뀐 영종의 파트너가 그 유명한 성 실장이었다.

    센터의 최고 에이스라 불리는 성 실장은 확실한 일 처리로도 유명했지만 무엇보다 많은 일을 하는 걸로 정평이 나 있었다. 맡은 사건마다 빠르게 처리해내는 이 50대 여성은 쉬는 날도 없이 대상자의 뒤를 밟아 의뢰인이 원하는 사진을 찍어댔다. 그녀가 맡은 사건에서 증거를 못 잡는 경우는 단 한 가지, 대상자가 결백할 때뿐이었다. 그녀에 대한 질 나쁜 소문도 함께 돌긴 했지만 그 일로 센터에 문제를 일으킨 적은 여태 없었다.

    그간 어쩌다 얼굴이나 몇 번 마주쳤을 뿐, 영종 역시 그녀와 함께 움직인 건 이번이 처음이었다. 명성을 익히 들어온 터라 영종은 잔뜩 기대하며 성 실장을 지켜보았지만, 그녀도 별다를 게 없었다. 매번 허탕만 쳤다. 다만, 대상자를 놓치면 욕설이나 내뱉고 밥이나 먹으러 가자던 최 실장과 달리 성 실장은 대상자를 놓쳐도 그 뒤를 어떻게든 다시 잡겠다고 달려들었다.

    그러던 어느 날이었다. 퇴근한 박경민이 회사 앞 베이커리 카페에 들렀다. 보는 눈이 많은 카페였기 때문에 특히나 용의주도한 대상자가 그 안에서 내연녀를 만날 리는 없었지만, 성 실장은 예외 없이 그를 따라 카페 안으로 들어갔다. 역시나 그 안에 상대 여성은 없었고 박경민은 그저 작은 케이크를 하나 사서 그대로 밖으로 나왔다. 그리고 언제나처럼 둘을 또 능숙하게 따돌렸다. 영종은 이번에도 여전히 포기하지 않은 그녀가 다음 지시를 내릴 줄 알았지만 이번만큼은 달랐다. 곧 어디론가 전화를 건 성 실장이 여유롭게 말했다.

"주민등록번호 앞자리가 941109, 성은 모르겠고 이름은 은하. 응. 부탁해."

나중에 알고 보니 성 실장은 베이커리 카페에서 중요한 정보를 알아냈다. 박경민은 케이크를 사면서 점원에게 긴 초 세 개와 짧은 초 한 개를 달라고 했다. 그러니까 그건 생일 케이크였다. 당일 날짜가 11월 9일이니 여자의 생일도 그날일 확률이 높았고, 초의 개수로 미루어 내연녀의 생년까지 추정하면 그걸로 주민등록번호 앞자리가 완성된다. 그에 더해 이전 업체에서 알아낸 내연녀의 이름까지 더하면 딱 그녀의 신상을 파악할 수 있는 정도의 정보가 된다. 성 실장은 알고 지내던 택배사 브로커에게 그 정보들을 말해주며 그녀의 개인정보를 물었던 것이다.

얼핏 운이 따른 것 같아 보이지만, 아무나 잡을 수 있는 운이 아니다. 영종은 그녀가 남달리 집요했기 때문에 잡을 수 있었던 행운이라고 생각했다.

곧 브로커에게 온 회신을 보며 성 실장이 말했다.

"이 중에 이 지역에 사는 은하는 하나밖에 없네. 쫑. 이제부터 이 여자가 대상자다."

다음 날부터 둘은 알아낸 내연녀의 현주소 앞에서 잠복했고, 이틀째 되던 날 밤, 마침내 그녀가 움직였다.

좌측 깜빡이를 켜고 우회전했던 박경민과 달리 은하라는 이름을 가진 그의 내연녀는 똑바로 운전했다. 꼼꼼하게 오른쪽 방향 지시등을 깜빡이며 그녀의 차가 들어간 곳은 다행스럽게도 모텔 주차장이었다. 차에서 내린 그녀를 기다리고 있던 그 남자 역시 고맙게도 그 용의주도했던 대상자, 박경민이었다.

"오케이."

성 실장의 말이 끝나기가 무섭게 영종은 둘의 모습을 카메라에 담았다. 키스하는 장면부터, 모텔 건물 안으로 들어가는 모습까지. 입을 맞춘 두 남녀의 뜨거운 숨결이 느껴지도록 당겨서. 팔짱을 끼고 모텔로 들어가는 둘의 뒷모습과 휘황찬란한 모텔 간판이 함께 보이도록 밀어서.

외도 현장을 여러 차례 잡아 이제 별다른 감흥을 느끼지 못하던 영종도 이번만큼은 짜릿했다. 그도 그럴 것이 이런 경우는 처음이었다. 대상자가 용의주도하게 둘을 따돌리자 표적을 그의 내연녀로 바꿔 현장을 잡아냈다. 실제로 채증에 성공하자 영종은 성 실장이 존경스럽기까지 했다. 볼 때마다 미간을 찌푸리게 했던 그녀의 다소 과한 화장도 오늘따라 카리스마 넘쳐 보였다.

"우리도 들어가야지."

성 실장이 말 한마디로 영종의 감탄한 표정을 깨트렸다.

"……네? 어딜요? ……모텔이요?"

한동안 영종의 당황한 표정을 지켜보던 성 실장이 곧 참았던 웃음을 터트렸다.

"왜? 내가 너 잡아먹을까 봐?"

"농담이죠?"

"아니."

"네?"

"귀엽네, 쫑."

영종은 웃으며 차에서 내리는 그녀를 보며 당황했지만, 동시에 언젠가 들었던 그녀에 대한 질 나쁜 소문이 떠올라 곧 자신도 뒤따라 차에서 내렸다. 실은 영종도 그 소문의 진위가 궁금하던 참이었다.

건물 안으로 들어간 성 실장은 모텔 주인의 손에 오만 원짜리 여섯 장을 쥐여 주고 두 남녀가 방금 들어간 방의 번호를 샀다. 또각또각 구두 굽을 부딪치며 그 방문 앞에 선 성 실장이 목을 한번 가다듬더니 방문을 거칠게 두들기며 소리를 질렀다.

"불이야! 불이야! 불이야!"

방문이 번쩍 열리고 놀란 눈을 한 박경민이 모습을 드러내자 성 실장이 장난기 가득한 얼굴로 그의 귀에 대고 속삭였다.

"뻥이야."

성 실장이 문을 벌컥 밀며 방 안으로 쳐들어갔다. 그 뒤를 쫓아 방으로 따라 들어간 영종이 스마트폰 카메라로 그들을 촬영했다. 침대 위에 속옷 차림으로 앉아 있던 박경민의 내연녀가 갑자기 들이닥친 불한당들을 보고는 황급히 이불로 몸을 가렸다. 놀란 둘을 차례대로 본 성

역제안

실장이 태연히 말했다.

"아, 아직 안 하고 계셨구나?"

"너희 뭐야!"

박경민이 성 실장의 어깨를 잡고 거칠게 돌렸다. 오늘따라 유독 더 진한 화장을 한 그녀의 얼굴이 대번에 불쾌함을 드러냈다.

"아이, 건드리진 마시고."

"너 뭐냐고!"

박경민이 큰소리로 위협하며 성 실장의 멱살을 와락 움켜잡았다. 영종이 이제 자신이 나서야겠다고 생각했을 때였다.

철썩!

성 실장이 박경민의 뺨을 전광석화처럼 후려쳤다. 청량한 소리가 방 안을 가득 울리며 박경민의 고개가 팩 하고 돌아갔다. 그게 끝이 아니었다. 성 실장이 뾰족한 구둣발로 박경민의 정강이뼈를 사정없이 걷어찼다. 외마디 비명을 지른 박경민이 그대로 바닥에 주저앉았다. 성 실장이 그를 내려보며 말했다.

"분위기 파악 좀 하세요. 사장님 지금 좆 되신 거니까."

영종은 저도 모르게 와 소리를 내며 감탄했다. 어떤 일이 벌어질지 모를 일촉즉발의 상황을 그녀가 간단한 액션 한 번으로 단번에 휘어잡았다.

성 실장이 셔터는 누르지 않고 카메라만 들이대는 영종을 보며 말했다.

"동영상이냐? 됐어. 그만 찍어."

"네."

무릎을 굽혀 앉은 성 실장이 자신을 노려보던 박경민과 눈높이를 맞추고는 마치 언제 내가 뺨을 때렸냐는 듯 친근하게 말했다.

"사장님. 엄청 재빠르시데? 007인 줄 알았어요. 집에서도 안 걸리시려고 얼마나 노력하셨을까?"

계속 자신을 노려보는 박경민을 향해 성 실장이 개의치 않고 이어 말했다.

"그래도 숨길 수는 없죠. 사모님한테 안 들켰다고 생각했죠?"

"……."

"바람피우면 눈깔에 갑자기 생기가 돌아요. 여자들은 그런 거 안 놓치지."

박경민이 비꼬는 투로 중얼거렸다.

"흥. 알고 있었다?"

"그래도 아직은 증거가 없죠."

성 실장의 아리송한 대답에 박경민이 의아한 표정을 지었다.

"박 사장님. 제가 제안 하나 할게요."

의미심장하게 꺼낸 성 실장의 말에 영종은 바로 이거구나 싶었다.

"사장님이 저 여자애랑 여기 온 거, 밖에서 뽀뽀한 거, 이렇게 안에서 홀랑 벗고 노는 거, 아직은 여기 넷만 알잖아요. 그거 계속 우리만 알고 있는 건 어떨까요?"

돈깨나 있는 대상자의 증거를 잡을 때마다 성 실장이 그것을 빌미로 돈을 요구한다는 그 질 나쁜 소문은 사실이었다. 성 실장은 자신이 오늘 수집한 모든 증거를 의뢰인이자 그의 아내인 이지연에게 넘기지 않는다는 조건으로 박경민에게 5000만 원을 요구했다. 박경민은 성 실장이 건네는 명함을 그저 잠자코 받을 수밖에 없었다.

"너 500 떼 줄게."

센터로 돌아가는 차 안에서 성 실장이 영종에게 말했

다. 500만 원은 영종의 두 달 치 월급이었다. 자신의 입을 막겠다는 걸까? 성 실장이 돈을 주지 않는다고 하더라도 어차피 영종은 오늘 일을 센터에 이를 생각이 없었다. 요 며칠간 그 500만 원의 가치보다 훨씬 더 값진 것들을 그녀에게서 배웠기 때문이다.

다음 날, 성 실장은 늘 그렇듯이 또 다른 건에 달려들었다. 일면식도 없는 대상자의 뒤를 밟았고, 허락하지 않을 사진들을 몰래 찍었다. 하루도 쉬지 않고 도시 곳곳에서 벌어지는 은밀한 욕망의 현장들을 캤다. 영종은 그런 그녀를 이해할 수 없었다. 대체 왜 이토록 열심인 건지.

약속한 날에 성 실장과 영종은 서울 시내의 한 카페에서 박경민과 만났다. 둘 앞에 마주 앉은 박경민이 테이블 위에 검은 쇼핑백 하나를 내려놓았다. 그 안에는 빳빳한 5만 원권 지폐를 대지로 묶은 현금 다발이 스무 개 들어 있었다. 성 실장이 요구했던 것보다 2배 많은 금액이었다.

지폐 묶음 하나를 꺼내 손으로 차르륵 넘겨본 성 실장이 의심의 눈초리로 박경민을 흘겨보자 그가 천천히 입을 뗐다.

"나도 의뢰 하나 하려고요."

곧 몸을 앞으로 숙인 박경민이 작은 목소리로 폭로했다.

"아내한테 다른 남자가 있어요."

순간 영종은 이지연이 센터에 방문했던 그날의 모습을 떠올렸다.

표정이 없다.

블라인드가 쳐진 창 너머로 그녀의 얼굴을 본 영종에게 처음 들었던 생각이다. 예쁜지, 못생겼는지 그런 것들은 생각나지 않는 얼굴. 긴 생머리에 커다란 안경을 낀 그녀의 얼굴에서는 그 어떤 감정도 느껴지지 않았다. 그런 그녀에게 남편 말고 다른 남자가 있다? 그 지독하게 무표정한 얼굴로?

신음을 흘리며 팔짱을 낀 성 실장이 소파에 등을 기대며 물었다.

"왜요? 왜 사모님이 바람을 피운다고 생각하세요?"

"아내가 섹스 중에 다른 남자 이름을 불러요."

박경민의 말에 코웃음을 친 성 실장이 이어 물었다.

"이름이 뭔데요?"

"동호."

메모지에 이름을 받아 적으려던 영종이 이어진 박경민의 말에 그대로 동작을 멈췄다.

"준."

"……둘이에요?"

"셋이요. 한 명은 외국인이에요. 피트였나."

성 실장이 와락 웃음을 터트렸다. 앞에 앉은 상대방이 민망할 정도로 크게 웃은 성 실장이 멈추지 않는 웃음을 겨우 억눌러가며 물었다.

"아, 미안해요. 아니, 그래도 여전히 한 이불 덮고 자고, 사모님이랑 금슬은 나쁘지 않으신가 봐요?"

이번엔 박경민이 코웃음을 쳤다.

"아니요. 나도 우리 관계를 확인하고 싶어서 하는 것뿐이에요. 아내도 하고 싶어서 하는 게 아니고. 애초에 그 여자는, 그 여자는 지금껏 나한테 단 한 번도 진심이었던 적이 없어요."

영종의 머릿속에 다시 이지연의 얼굴이 떠올랐다. 그 생기 없던 얼굴. 남편의 외도 때문에 마음고생을 해서 그런 줄 알았는데, 아니었나?

박경민이 성 실장을 보며 말했다.

"그때 나한테 그랬죠? 사람이 바람을 피우면 아무리 감춰도 눈깔에 생기가 돈다고. 그 여자도 마찬가지예요. 다른 놈 이름을 부를 때마다 그 무표정한 얼굴에 어떻게 그렇게 화색이 도는지……."

영종은 순간 하얀 침대에 누워 화색이 도는 그녀의 얼굴을 떠올렸다. 어딘가 기묘했다.

성 실장이 박경민의 말을 반박했다.

"아닐 수도 있어요. 사장님이 자기한테 관심이 없으니까 사모님이 일부러 다른 남자 이름을 부르면서 흥분하는 척하는 거예요. 남자 이름이 바뀌는 것도 그때마다 충동적으로 말하니까……."

박경민이 더 들을 필요도 없다는 듯 성 실장의 말을 잘랐다.

"증거 가지고 오면 그 쇼핑백 하나 더 줄게요. 내가 은하랑 만나는 것도 잡은 분들인데, 그런 분들이라면 이번엔 증거를 잡을 수도 있겠다 싶어서 의뢰하는 거니까."

박경민은 아내에게 다른 남자가 있다고 굳게 믿고 있었다. 하던 말을 멈춘 성 실장이 확신에 찬 박경민의 얼굴을 한동안 바라보았다. 곧 탁자에 있는 쇼핑백을 챙긴 성 실장이 소파에서 일어나며 말했다.

"오케이. 밑져야 본전이네. 곧 연락드릴게요."

다음 날부터 둘은 의뢰인이었던 이지연을 대상자로 바꾸고 그 뒤를 캤다.

그룹의 자회사에서 부장 직급을 달고 일하던 이지연은 사내에서 성실하다는 소문이 자자했다. 몰래 접촉한 그녀의 부하 직원들은 이지연이 재벌가 손녀라는 티 한번 내지 않고 그저 조용하게 맡은 바 일을 하는 편이라고 말했다. 평소 기이한 행실로 구설에 자주 오르던 그녀의 가족과는 다른 피가 흐르는 듯했다.

걸핏하면 밖으로 나돌았던 박경민과 달리 그녀는 회사에만 처박혀 있었다. 9시에 출근해 5시에 퇴근했다. 딱히 새는 곳도 없이 그저 집으로 왔다. 일주일에 한두 번, 강남에 있는 단골 피부과에 가는 게 그녀의 유일한 일탈이었다.

피부과 건물 안으로 들어가는 이지연의 뒷모습을 지켜보며 영종은 박경민이 헛짚었다고 생각했다. 외도의 원인은 보통 배우자와의 불화가 가장 큰 이유라서 그런 경우 상대의 맞바람을 의심하는 경우가 꽤 많다. 영종은 그저 그런 것일 거라고 생각했다. 돈 많은 처가 눈치 보며 살던 박경민이 그 피해의식 때문에 품은 의심일 거라고.

지독한 카페인 중독자인 성 실장에게 줄 커피를 산 영종은 차로 돌아가던 중 카페 앞 전봇대에 붙어 있는 한 전단에 눈길이 멈췄다. 전단에는 한 젊은 남자의 사진과 함께 사람을 찾는다는 문구가 박혀 있었다. 여자들이 보면 귀엽게 생겼다고 말할 법한 그 젊은 남자는 방금 영종이 커피를 샀던 카페에서 아르바이트하던 대학생인데, 퇴근 후 귀가하던 중 갑자기 실종된 모양이었다.

'내가 맡아야 할 사건은 이런 건데.'

형사가 하는 일들을 하고 싶었지만, 자신이 형사가 되기엔 현실적으로 어렵다고 판단한 영종은 대신 지금의 일을 선택했다. 그 일의 이름은 바로 사설탐정. 영종은 형사가 해결하지 못한 미스터리하고 위험한 일들을 맡고 싶었지만 현실은 달랐다. 살인 사건을 기대했지만 사랑 사건뿐이었다. 모텔만 수십 번 들락날락했다. 가끔씩 영종의 흥미를 잡아끄는 의뢰도 센터에 들어왔지만 그런 일을 막내에게 맡기는 법은 없었다. 영종은 지긋지긋하던 참이었다. 모텔 안으로 들어가는 두 남녀의 뒷모습을 찍는 일 따위가.

"여기야."

조수석에 앉아 영종이 건넨 뜨거운 커피를 받아 든 성 실장이 중얼거렸다.

"네?"

"그렇잖아. 회사랑 집 빼고 갈 줄 아는 데라고는 여기밖에 없는데."

"박경민이 헛짚은 건 아닐까요?"

"아니야. 나도 처음엔 긴가민가했는데 아무래도 저 눈깔이 수상해."

"눈깔이요?"

"나는 저렇게 생기 없는 눈깔은 처음 봐. 사람이 저런 죽은 눈깔로 계속 살 수는 없거든."

성 실장의 표현에 영종이 공감했다. 딱 맞는 표현이다. 죽은 눈깔.

"너 이지연한테 얼굴 팔렸어, 안 팔렸어?"

"이지연은 저 몰라요."

"그럼 올라가 봐."

"어딜요? 피부과요?"

"가서 뭐 하는지 확인해봐."

"실장님은요?"

"이렇게 화장 진하게 하고 피부과 가는 여자 봤어? 너 같으면 안 이상하냐?"

갑작스러운 성 실장의 지시에 영종이 떨떠름한 표정으로 차에서 내렸다. 아까부터 영종의 불만 가득한 얼굴을 가만히 주시하던 성 실장이 쏘아붙였다.

"쫑."

"네?"

"예전에 내가 너 너무 거저먹으려고 한다고 했지? 이 일 계속하고 싶으면 그 버릇부터 고쳐."

"아, 네."

일부러 다소 성의 없게 대답한 영종은 투덜거리며 피부과를 향해 발걸음을 옮겼다. 이번만큼은 성 실장이 헛발질하는 거라고 생각했다.

건물 5층에 있는 피부과는 그 층을 통째로 쓸 정도로 규모가 컸다. 안내 직원에게 정기적으로 피부 관리를 받고 싶다고 용건을 말한 영종은 직원과 상담하며 프로그램을 고르다가 화장실을 다녀온다는 핑계를 대고 밖으로 나와 그 길로 이지연을 찾았다. 얼마 안 가 영종은 한 개인 관리실의 옷걸이에 걸린 그녀의 반색 코트를 발견하고는 몰래 그 안으로 들어가 주변을 살폈다. 방 안에는 아무도 없었지만, 대신 '관계자 외 출입 금지'라는 문구가 붙은 수상한 문을 하나 발견했다. 영종이 혹시나 하는 마음에 문을 열자 뜬금없이 엘리베이터가 나왔다. 망설임 없이 엘리베이터를 잡아탄 영종은 그것이 바로 직전에 멈춰 있던 지하층으로 향했다.

지하에 내린 영종이 조심스럽게 복도를 살폈다. 복도 한쪽 끝에, 덩치 큰 가드가 지키고 서 있는 커다란 문을 본 순간 영종은 직감했다. 이지연은 분명 저 안에 있다고.

영종이 다음 행동을 고민하고 있을 때였다. 갑자기 복도에서 한 무리의 발소리가 들렸다. 비상계단을 통해 걸어 내려온 그 여성들은 저들끼리 낄낄대며 걸어가 덩치 큰 가드 앞에 멈추어 섰다. 가드가 그녀들을 위해 그 수상한 문을 활짝 열었을 때, 영종은 재빨리 그 안을 훔쳐보았다. 칙칙한 회색빛 복도와 대비되는 그 안은 화려한 조명과 노랫소리가 가득한 신세계였다.

순간 영종의 머릿속에 박경민이 했던 말이 스치고 지

나갔다.

'……동호 ……준 ……셋이에요 ……피트였나…….'

"호스트바예요."

차로 복귀한 영종이 성 실장에게 보고했다. 바로 그 건물을 조사해보니 어렵지 않게 알 수 있었다. 이지연이 들어간 건물의 소유주는 서광 그룹이었고, 건물 지하에는 회원제로 운영하는 호스트바가 있었다. 이지연은 행여 호스트바를 출입하는 모습을 언론에라도 들킬까 봐 피부과를 통해 호스트바가 있는 지하로 내려갔으리라.

잔뜩 술에 취한 여자와 멀끔하게 생긴 젊은 남자가 함께 건물 밖으로 나오는 모습을 지켜보던 성 실장이 붉은 입꼬리를 올리며 말했다.

"옷부터 준비해야겠어."

며칠 후. 성 실장과 영종은 막 피부과 건물로 들어간 이지연을 따라 건물 지하로 내려갔다. 화려한 화이트 무스탕을 걸친 성 실장은 고객, 검은 정장을 차려입은 영종은 호스트였다. 옷에 알코올을 적셔 술 냄새를 심하게 풍긴 둘은 문 앞을 지키고 선 가드가 막 교대한 때를 노려 마치 잠깐 밖으로 나왔다가 다시 들어가려는 사람들인 척 연기했다. 낯선 두 얼굴을 본 가드는 잠깐 경계하는 눈빛을 보였지만 나이 차이가 많이 나는 두 남녀가 엉겨 붙은 꼴이 익숙했는지 곧 쉽게 문을 열어주었다.

잠입에 성공하자 성 실장이 영종의 팔에 더 바짝 달라붙어 말했다.

"봐. 너는 누가 봐도 딱 여기서 일하는 애 얼굴이라니까?"

당신이야말로 누가 봐도 여기 손님 같아요. 영종은 목구멍까지 올라온 그 말을 꾹 삼켰다.

흩어진 둘은 각 방에서 재미나게 놀고 있는 인물들을 하나하나 살피며 이지연을 찾았다. 통로 구석까지 간 영종은 그곳에서 아래로 난 좁은 계단을 발견했다. 이상했다. 입수한 도면에 의하면 분명 지하 1층까지밖에 없는 건물인데. 그 수상한 계단을 통해 아래로 내려가자 전기실이라고 크게 써 붙인 문이 나타났다. 혹시나 하는 마음으로 문고리를 잡아 열어보았지만 문은 역시나 굳게 닫혀 있었다. 그 흔한 키패드도 없이 커다란 자물쇠로 잠겨 있었다.

"쫑! 쫑!"

그때 계단 위에서 성 실장이 영종을 은밀하게 불렀다. 영종이 위로 올라오자 성 실장이 그를 한구석에 있는 방 앞으로 데리고 갔다. 씩 웃은 그녀가 그 방의 문에 난 창을 턱으로 가리켰다. 영종이 작은 창 너머로 그 안을 훔쳐보았다.

그 안엔 3명의 남자와 1명의 여자가 있었다. 아마도 준으로 보이는 남자가 여자의 발가락을 빨고 있었고, 아마도 동호일 그 남자는 여자 앞에서 민망한 춤을 추고 있었다. 그리고, 피트겠지. 엉덩이를 깐 그 남자는 여자에게 기꺼이 회초리를 맞고 있었다. 남자들에게 둘러싸인 그 여자는 이지연이었다.

창 너머 그 기이한 광경을 스마트폰에 담던 영종은 이지연의 얼굴을 클로즈업했다. 외양은 이지연이 분명했지만, 어쩐지 같은 사람처럼 느껴지지 않았다. 그 답답하고 커다란 안경을 벗어서 느껴지는 차이는 아니었다. 이지연의 죽은 눈깔에 생기가 돌았다. 영종은 그 눈이 섬뜩했다.

차로 돌아온 성 실장은 영종이 찍은 동영상과 사진부

터 확인했다. 그 증거를 자신의 노트북으로 백업하는, 입꼬리를 한껏 올린 그녀의 표정을 보며 영종은 직감했다. 아마 이 증거를 박경민이 볼 일은 없으리라. 왜? 이지연이 훨씬 돈이 많으니까.

"회사엔 찾아오지 마시라고 했을 텐데요."
회사 1층에 있는 사내 카페에서 만난 이지연이 마주 앉은 둘을 보며 말했다. 분명 둘을 질책하는 내용이었지만 감정은 느껴지지 않는 기이한 말투였다.
"죄송해요. 그게 조금, 중요한 증거를 잡아서."
성 실장이 능청을 떨며 이지연에게 태블릿을 건넸다. 드디어 남편의 내연녀를 볼 수 있을까? 그렇게 예상하며 재생 버튼을 눌렀겠지만 나오는 영상은 자신의 은밀한 취미 생활이라니. 그녀가 얼마나 놀랐을까? 영종은 이지연의 표정이 과연 어떻게 바뀔지 주시했지만 의외였을 그 영상이 재생된 후에도 그녀의 표정에는 아무런 동요가 없었다. 여전히 그 죽은 눈으로 태블릿을 주시했다. 예상치 못한 그녀의 냉담한 반응에 성 실장이 주도권을 뺏기지 않겠다는 듯 서둘러 말했다.

"나 깜짝 놀랐어요. 성실하다고 소문난 서광 그룹 후계자가 이렇게 재밌게 놀 줄 누가 알았겠어요?"

이어 과장된 몸짓으로 주변을 둘러본 성 실장이 이해한다는 투로 말했다.

"나도 여자로서 이해해요. 젊고 잘생긴 애들이랑 노는 거 나도 좋지. 없어서 못 만나지. 그런데 세상이 이해를 못 하니까. 그게 애석하지."

이지연이 그 죽은 눈으로 성 실장과 눈을 마주쳤다. 영종은 옆에서 두 여자의 눈을 번갈아 보았다. 한쪽은 아무 감정도 읽을 수 없는 눈. 한쪽은 지나치게 바라는 게 있는 눈이었다. 곧 명함을 꺼낸 성 실장이 그 위에 숫자를 하나 적었다.

1,000,000,000.

일, 십, 백, 천······. 영이 아홉 개. 10억이다.

"일주일 드릴게요. 서로 불편하게 엉뚱한 생각은 마시고."

자리에서 일어난 성 실장이 탁자 위에 자신의 명함을 올려놓았다.

"쫑. 뭐 해?"

성 실장이 여전히 자리에 앉아 멍하니 있던 영종을 불렀다. 성 실장의 부름에 덩달아 고개를 돌린 이지연이 영종과 눈을 마주쳤다. 순간 영종은 어쩐지 그녀가 마네킹 같다는 생각이 들었다. 꺼림칙한 기분이 든 영종은 성 실장의 뒤를 따라 서둘러 카페를 빠져나왔다.

차로 돌아온 영종이 성 실장에게 말했다.

"너무 세게 부르신 거 아니에요?"

"저 여자가 지금껏 호스트바에 뿌린 돈만 해도 그 정도는 될걸?"

깔깔 웃던 성 실장이 영종을 보며 덧붙였다.

"쫑. 너 방금 1억 벌었다?"

영종이 말을 잇지 못하자 성 실장이 씩 웃었다.

"왜? 감동이야?"

"그러면 저도……."

서둘러 스마트폰을 꺼낸 영종이 스마트폰을 몇 번 터치하자 금방 성 실장에게 메시지 하나가 도착했다. 성 실장이 받은 메시지에 있는 링크를 클릭하자 커피 쿠폰이 있는 페이지가 나왔다. 성 실장이 어이없다는 투로 말했다.

"너 양아치니? 1억을 커피 한 잔으로 퉁 쳐?"

"에이, 하루에 한 잔씩이죠."

영종의 말에 둘은 한바탕 웃었다. 둘 다 큰 몫을 잡은 날이었다.

이지연 건 이후 영종은 발목이 아프다는 핑계를 대고 대표에게 내근을 요청했다. 영종은 일주일간 책상 앞에 앉아 회사의 내부 사정을 주의 깊게 들여다보았다. 그새 또 다른 일을 맡아 센터를 들락날락하는 성 실장도 유심히 지켜보았다.

일주일 후, 영종이 그토록 기다리던 그날이 왔다. 조수석에 앉은 성 실장에게 커피를 건넨 영종이 차의 시동을 걸고 도로로 나섰다. 해가 막 지기 시작해 하늘이 붉게 물든 시간이었다. 둘은 시시콜콜한 이야기를 나누며 목적지를 향해 달렸다. 피부과에 도착할 즈음 영종이 자연스럽게 화제를 돌렸다.

"실장님은 보면 늘 일만 하시고. 취미 같은 건 없으세요?"

"취미? 쓸데없이 그런 걸 뭐 하러 해."

"사람이 그렇게 일만 하면서 살 수는 없잖아요. 실장님은 이지연처럼 뭐 몰래 하는 취미 생활 같은 거 없어요?"

뼈 있는 그 말에 손에 든 커피를 마시려다 멈춘 성 실장이 고개를 돌려 영종을 빤히 보았다.

"센터 사람들도 실장님이 이혼해서 혼자 사신다는 거 빼고는 다들 아는 게 없더라고요. 사람들이 참, 관심이 그렇게 없어."

"……뭐?"

"그래서 제가 좀 알아봤거든요. 그런데 알고 보니까 성 실장님, 그렇게 힘들게 번 돈을 다 외국으로 보내시데?"

"……너 지금 뭐 하냐?"

"아니, 무슨 돈을 다 이렇게 해외로 보낼까? 그래서 이것저것 또 봤더니, 외국에서 공부하는 자제분이 계시더라고요? 아드님하고 따님하고. 세인트존스 하이스쿨? 아주 명문 고등학교 같던데. 그거 다 학비죠?"

예외 없이 짙은 화장을 한 성 실장의 얼굴이 격하게 일그러졌다. 그새 목적지인 피부과 앞에 도착한 영종이 차의 기어를 바꾸고 시동을 끄더니 태연히 말했다.

"실장님이 어떻게 번 돈으로 자기들이 공부하는지, 자제분들은 아직 모르죠?"

영종이 뒷좌석에 있는 태블릿을 집어 들어 성 실장에게 건넸다. 성 실장이 화면에 있던 동영상을 재생시키자 며칠 전 자신이 박경민이 있던 모텔 방에 들어가서 벌어졌던 상황이 재생됐다. 한동안 영상을 지켜보던 성 실장은 남자의 뺨을 때리고 협박하는 자신의 모습이 새삼 역겹게 느껴졌다.

"실장님. 제가 제안 하나 할게요."

굳은 표정으로 태블릿을 보는 성 실장에게 영종이 말했다.

"제가 지금 이지연한테 가서 돈 받아 올게요. 받는 돈은 아시다시피 10억 그대론데, 우리 분배만 좀 다시 해요. 5 대 5. 실장님 5억, 나 5억."

영종의 제안에 한참이나 그를 노려보던 성 실장이 지그시 경고했다.

"……쯧. 내가 전에도 이야기했지. 너 그렇게 뭐든 거저 먹으려고 들다간 언젠가 탈 난다고."

"뭐, 굳이 어렵게 먹을 거 있어요? 그리고 실장님. 모르시나 본데 저 오늘부로 센터 관뒀어요. 이제 직장 상사도 아닌데 말 좀 예쁘게 해주세요. 이름도 제대로 좀 불러주시고. 종이 아니고 영종! 고영종!"

씩 웃으며 차에서 내린 영종이 문을 쾅 하고 닫더니 가벼운 발걸음으로 피부과 건물로 걸어갔다.

차 안에 홀로 남겨진 성 실장은 분하다는 표정으로 영종의 뒷모습을 바라보다가 주머니에서 스마트폰부터 꺼냈다. 며칠 전 영종이 보낸 링크를 아무 생각 없이 클릭한 게 화근이리라. 그때부터 놈이 모든 걸 봤겠지. 이체 내역, 문자 내용 등등.

스마트폰에 설치된 스파이웨어를 찾아 삭제한 성 실장은 내친김에 사진첩을 열어 보았다. 그 안에는 외국에서 학교생활을 하는 그녀의 아들과 딸 사진이 수두룩하게 있었다. 전에 보지 못한 애틋한 표정으로 성 실장이 그 사진들을 넘겨 볼 때였다. 스마트폰이 요란하게 진동하며 모르는 번호로 전화가 걸려 왔다. 멈칫하고 그 낯선 번호를 한동안 바라보던 성 실장이 곧 고개를 들어 전화를 받았다.

자신을 안내하는 덩치 큰 가드를 따라가며 영종은 머릿속에서 새로운 미래를 그렸다. 내 이름을 거는 게 좋겠다. 흥신소나 심부름센터라는 이름은 부정적인 이미지가 강하니까 민간 조사라는 이름을 쓰는 게 좋겠다. 고영종 민간 조사 사무소! 불륜 사건 의뢰는 일절 받지 않는다. 실종된 사람을 찾거나. 기업 스파이를 색출하거나. 미제로 남은 살인 사건을 재수사하거나. 오직 가슴 뛰는 일들만 의뢰받아 처리한다.

자신 앞에 펼쳐질 설레는 일들을 마음껏 상상하며 영종은 가드가 안내하는 방 안으로 들어갔다. 이지연이 세 남자와 세상 재미나게 놀던 바로 그 방이었다. 이미 소파에 앉아 기다리고 있던 이지연이 그 특유의 죽은 눈으로 들어오는 영종을 따라 시선을 옮겼다. 그녀 앞에 마주 앉은 영종이 얼굴에 다소 부자연스러운 미소를 띠며 말했다.

"사정이 생겨서 저 혼자 왔습니다. 돈은 저한테 주시면 돼요."

이지연이 잠자코 영종의 얼굴을 쳐다보았다. 방 안에 흐르는 묘한 분위기가 불편했던 영종은 아직 자신이 그녀보다 우위에 있음을 확인하고 싶었다.

"실장님이 돈 조금 덜 받더라도 방송국에 팔고 확 터트

릴까 하는 걸 제가 옆에서 극구 말렸습니다. 걱정하지 마세요. 지금 그 자료 가지고 있는 사람은 저랑 성 실장밖에 없으니까. 아직은."

능청을 떨며 말하는 영종의 얼굴을 그저 뚫어지게 바라만 보던 이지연이 마침내 무거웠던 그 입을 뗐다.

"영종 씨라고 했죠?"

"네."

"제가 제안 하나 해도 될까요?"

"……네?"

"영종 씨. 여기서 일해보는 건 어때요?"

갑자기 받은 황당한 제안에 말문이 막힌 듯한 영종을 바라보며 이지연이 말을 이었다.

"아, 다른 손님은 안 받아도 돼요. 영종 씨는 특별하게 내 개인 룸에서, 나랑만 놀면 되니까."

이어진 이지연의 말에 대번에 불쾌해진 영종이 한껏 인상을 쓰며 말했다.

"내가 그런 일 할 놈처럼 보여?"

"……"

"씨발. 내가 개호구로 보이냐고!"

큰 소리가 들리자 밖에 서 있던 가드들이 하나둘씩 방 안으로 들어와 영종의 몸을 붙들었다. 이어 이지연이 가볍게 고갯짓하자 가드들이 영종의 두 팔을 묶었다. 거칠게 저항하던 영종이 이지연을 노려보며 을러댔다.

"지금 뭐 하는 거야? 내가 사라지면, 성 실장이 가만히 있을 거 같아?"

이지연이 무표정한 얼굴로 되물었다.

"아, 성 실장이라는 분은 그런 분이에요? 같이 일하던 파트너가 사라지면 어떻게든 다시 찾아내려는 사람? 아니면……."

한껏 긴장한 영종이 마른침을 꿀꺽 삼키며 직감했다. 무언가 일이 잘못됐다고. 이지연이 그런 영종을 보며 태연하게 말을 이었다.

"10억쯤 더 받으면 그대로 입을 다물 사람?"

같은 건물 5층의 피부과에 들어간 성 실장은 직원의 안내를 받아 작은 개인 관리실로 들어갔다. 무릎을 굽혀 침대 아래를 가린 하얀 커튼을 걷자 그 안엔 커다란 검은 가죽 가방이 하나 있었다. 가방을 열자 그 안에는 5만 원권 지폐가 한가득 들어 있었다.

 침대 위에 자신의 노트북을 올리고 방 밖으로 나가려던 성 실장은 관계자 외 출입 금지라고 써 붙인 작은 문을 잠시 바라보았다. 곧 그 문을 외면한 성 실장이 몸을 돌려 방 밖으로 나갔다.

 양옆에서 가드의 부축을 받으며, 영종이 좁은 계단을 내려갔다. 비틀거리며 계단을 내려간 영종은 전에 발견했던 전기실이라고 쓰인 문 앞에 멈춰 섰다. 그 거대한 자물쇠에 맞는 커다란 열쇠로 문을 열고 안으로 들어가자 다소 믿기 힘든 광경이 영종의 눈앞에 펼쳐졌다.

 긴 복도의 양옆에 철창살로 구역이 나뉜 방들이 나란히 있었다. 창살 틈새로 색이 바랜 이불과 조악한 베개들이 보였다. 마치 시설이 극도로 열악한 감방 같았다.

 영종을 끌고 복도 끝에 도착한 가드가 커다란 철문을 열었다. 눈부신 조명이 켜진 그 방 안에는 이미 많은 남자가 있었다. 토끼 분장을 한 남자. 황금 가면을 쓴 남자, 발가벗고 얼굴과 온몸에 하얀 분칠을 한 남자 등등.

 가드가 영종을 방 안에 내팽개쳤다. 그대로 바닥에 나

뒹군 영종은 힘겹게 몸을 일으키다 자신의 바로 옆에 웅크리고 있던 남자와 눈이 마주쳤다. 몸에 빨간 망토를 두른 그 남자가 초점 없는 눈으로 영종을 바라보았다.

낯이 익은 얼굴이었다. 어디서 봤더라……. 영종은 곧 며칠 전 보았던 전단을 떠올렸다. 아, 그 사라진 대학생!

그때였다. 뒤에서 누군가가 영종의 머리를 거칠게 잡아당겼다. 곧 고개가 뒤로 크게 젖혀진 영종의 목에 적갈색 개 목줄이 채워졌다. 쏟아지는 조명에 눈이 부신 영종이 게슴츠레한 눈으로 뒤를 돌아봤다. 그곳엔 나비 모양 반가면을 쓴 이지연이 자신을 옭아맨 목줄을 잡고 서 있었다. 그녀의 죽은 눈깔에 생기가 돌았다. 붉은 입꼬리를 한껏 올린 그녀가 크게 외쳤다.

"가자! 쫑!"

역제안
정재환 서스펜스 스릴러 단편집

발행	2025년 11월 10일
지은이	정재환
책임편집	강상준
교열	남다름
디자인	강현아
펴낸이	정종호
펴낸곳	에이플랫
출판등록	2018년 8월 13일(제2020-000036호)
이메일	aflatbook@gmail.com
블로그	blog.naver.com/aflatbook
가격	15,000원

ⓒ 2025 에이플랫

이 책은 저작권법에 의하여 한국 내에서 보호를 받는 저작물이므로 무단전재와 복제를 금하며, 이 책 내용의 전부 또는 일부를 이용하려면 반드시 지은이와 에이플랫의 서면 동의를 받아야 합니다.

ISBN   979-11-89836-64-1 03810

에이플랫은 언제나 기성 및 신인 작가의 원고를 기다리고 있습니다.